Ursula Jaensch · Der Streichelmörder ...
oder »Black Touch«

AF198932

URSULA JAENSCH

# Der Streichelmörder ...
## oder
# »Black Touch«

Übereinstimmungen mit lebenden Personen und tatsächlichen Ereignissen sind zwar nicht zufällig, aber dennoch fiktiv.

Informationen der Deutschen Nationalbibliothek:
Die Deutsche Nationalbibliothek verzeichnet diese Publikation in der Deutschen Nationalbibliografie; detaillierte bibliografische Daten sind im Internet über http://dnb.d-nb.de abrufbar.

© 2018 Ursula Jaensch
Bildmaterial: Brasilien, Italien: Pixabay
Eigenes Bildmaterial Cover: Central Park NYC
Lektorat: Anne Horsten, Köln
Satz und Layout: Buch&media GmbH, München
Herstellung und Verlag: Bod – Books on Demand
Printed in Germany
ISBN: 978-3-7460-7124-4

# Inhaltsverzeichnis

Vorwort . . . . . . . . . . . . . . . . . . . . . . . . . . . . . . . . . . . . . . . . . 7

Kapitel 1: Entscheidung in Italien . . . . . . . . . . . . . . . . . . . . . 9

Kapitel 2: Meine jüngste Liebe . . . . . . . . . . . . . . . . . . . . . . . 11

Kapitel 3: »Einmal selbst sehen, ist mehr wert,
als hundert Neuigkeiten zu hören« . . . . . . . . . . . . . . . . . . . 24

Kapitel 4: Ausflug nach Caserta . . . . . . . . . . . . . . . . . . . . . . 35

Kapitel 5: War ich auf dem richtigen Weg? . . . . . . . . . . . . . . 42

Kapitel 6: Wie konnte ich Gina dazu bewegen, bei mir zu bleiben? 45

Kapitel 7: Glut über Caserta . . . . . . . . . . . . . . . . . . . . . . . . . 51

Kapitel 8: Träume nicht vom Leben, sondern lebe deinen Traum . . 58

Kapitel 9: Abschied von Gina . . . . . . . . . . . . . . . . . . . . . . . . 64

Kapitel 10: Gina auf der Heimreise . . . . . . . . . . . . . . . . . . . . 67

Kapitel 11: Das Schicksal nimmt seinen Lauf . . . . . . . . . . . . . 71

Kapitel 12: Hatte ich mich rechtzeitig von Caserta entfernt? . . . . . 76

Kapitel 13: Marco Zucci unter Verdacht . . . . . . . . . . . . . . . . . 81

Kapitel 14: Clemens Horn: meine Rückkehr nach Deutschland . . . . 87

Kapitel 15: Kommissar Ravenna ist mir auf der Spur . . . . . . . . . 96

Kapitel 16: Gespieltes Entsetzen . . . . . . . . . . . . . . . . . . . . . . 102

Kapitel 17: Durchsuchungsbefehl für Marco Zucci . . . . . . . . . . 107

Kapitel 18: Für Kommissar Ravenna ist Clemens Horn der Mörder . 110

Kapitel 19: Gina lässt mich nicht los . . . . . . . . . . . . . . . . . . . 114

Kapitel 20: Die Familie macht sich Sorgen . . . . . . . . . . . . . . . 119

Kapitel 21: Der Pathologe spricht Klartext . . . . . . . . . . . . . . . 125

Kapitel 22: Großmutter Anne ahnt etwas . . . . . . . . . . . . . . . . 128

Kapitel 23: Es ist vollbracht . . . . . . . . . . . . . . . . . . . . . . . . . 130

Kapitel 24: Viele Jahre sind vergangen . . . . . . . . . . . . . . . . . . 135

Kapitel 25: Ich erstarrte zu Eis . . . . . . . . . . . . . . . . . . . . . . . 138

Erklärung: Der Wunsch nach Vernichtung . . . . . . . . . . . . . . . 140

# Vorwort

Die Liebe ist etwas Seltsames, ein Gefühl von Hoffen, Bangen und Sehnen, von Anlehnung an eine Leidenschaft, die einem mehr bedeutet als man selbst. Verschmelzung miteinander, ineinander, ein gleiches Feuer wohnt in zwei Seelen, zwei Körpern, nicht ahnend, dass plötzlich alles anders ist. Denn Liebende sind gefangen in sich selbst und im Anderen, wollen gefallen. Loslassen gibt es nicht, man kämpft mit allen Mitteln um das, was man liebt. Und wenn das Fünkchen überspringt, dann sieht, hört und fühlt man anders als vorher, denn der Himmel ist blauer und höher, das Meer rauscht intensiver. Die Bäume wispern einem mit zarten Blätterrauschen Dinge zu, die man bereitwillig als etwas Esoterisches, Mystisches in sich aufnimmt und so badet man sich in diesen Gefühlen. Man steht über allen Dingen, hat Flügel. Ein Mann ist wie ein starker Baum, der Wind und Sturm entgegentrotzt, aber im Sturm der Liebe ist er ein Halm, vielleicht ein Grashalm, der von Emotionen geschüttelt wird.

Wenn aber die Liebe übermächtig und besitzergreifend wird, dann hilft einem nur das eigene Fingerspitzengefühl. Nichts und niemand, nur man selbst kann eine Lösung finden, um sich zu befreien.

# Kapitel 1:
## Entscheidung in Italien

Eine kühle Brise kam vom Meer herüber. Ich saß auf der Terrasse der Villa Margarita über meinen Unterlagen und las in einem Buch über englische Gärten. Ich war verliebt in dieses Werk. Unhandlich war es, weil es ein unübliches, großes Format hatte, und schwer war es, weil das Papier matt und seidig glänzte. Aber es ließ mich nicht mehr los, ich war gefangen von seiner Fülle. Hier prangten mir Bilder von englischen Gärten entgegen, die in ihren Anlagen so viel Schönheit, Ausgewogenheit, Strenge, aber auch Verspieltheit aufzeigten, dass ich gar nicht aufhören konnte, mir diese Pracht immer und immer wieder anzuschauen. Es war nicht das erste Buch dieser Art, dass ich in den Händen hielt, aber dieses bewunderte ich ganz besonders. Denn ein Satz im Vorwort ließ mich einfach nicht wieder los: *Gärten sind dafür gemacht, um die Sinne zu entfachen.*

Bevor ich nach Italien kam, wusste ich lange nicht, was ich studieren sollte. Ich konnte mich für nichts so recht entscheiden. Meine Eltern drängten mich, deshalb war ich in den Süden gereist, um mir über meinen Berufswunsch klar zu werden. Nach Italien hatte es mich schon öfter gezogen. Anfangs war ich mit Vater und Mutter nach Malcesine zum Gardasee gefahren. Das italienische Flair und das Haus von Mutters Freundin Tiziana bezauberten mich. Ich fühlte mich wohl in dem alten, geräumigen Kasten mit seinen vielen schönen Zimmern, Ecken und Erkern, die es zu entdecken galt. Und auch der Garten lockte mit seiner einzigartigen Anlage. Er stieg den Berg in mehreren kleinen Ebenen hinan, auf denen es grünte und blühte. Kleine Pinien und Zypressen begrenzten das Grundstück. Das Haus, mit seinem Eingang oben an der Straße, stieg den Berg hinunter. Auf beinahe jeder Etage befand sich eine Terrasse, auf der verschiedene Palmenarten des Mittelmeerraums in großen Kübeln standen. Jede dieser Plattformen erschloss eine andere Sicht auf den herrlichen See, mit seinen unbeschreiblich tiefen, blauen und grünen Wassern.

Die Landschaft, ein angenehmes Klima und südländisches Leben sind keineswegs die einzigen Anziehungspunkte. Die bewegte Geschichte spiegelt sich für mich noch heute in einzigartigen Baudenkmälern und fantastischen Garten- und Parkanlagen wider. Ich war gefangen von der Natur, der Mächtigkeit der Berge und der Sanftheit der unteren Regionen des Gardasees in all der südländischen Schönheit mit seinen herrlich weißen Stränden und Palmen. Die englischen Gärten waren wohl auch Ausgangspunkt für meinen Berufswunsch, jedoch schreckte mich das Klima mit viel Nebel und Regen in England.

Deshalb reiste ich weiter nach Süden nach Neapel. Jeder kennt das bekannte Sprichwort ›Neapel sehen und sterben‹. So erging es mir, denn kaum ein anderer Landstrich Italiens kann sich an landschaftlicher Schönheit mit dem Golf von Neapel messen. Der Besuch der Stadt allein genügt nicht, es ist die großartige Vielfalt der Umgebung, die mich immer wieder begeistert. Neapel mit seinem lebhaften Verkehr und dem Menschengewühl fand ich anfangs verwirrend, doch die Menschen sind nicht nur geschäftstüchtig, sondern sie sind aufgeschlossen, warmherzig und sehr hilfsbereit, das habe ich oft erleben dürfen.

Für mich stand nach kurzer Zeit unwiderruflich fest, zukünftig werde ich in Neapel mit seiner grandiosen, landschaftlichen Vielfalt mein Studium als Gartenbauarchitekt beginnen, um endlich das umzusetzen, was ich mir immer gewünscht hatte.

# Kapitel 2:
## Meine jüngste Liebe

Zwanzig Jahre war ich alt. Es war eine Zeit des blühenden Lebens, als ich endgültig nach Italien ging. Ich sah mir die Gärten auf den Inseln an und dachte bei jedem von ihnen, dass der liebe Gott diese herrlichen Landschaften, in denen sich Gärten besonders gut gestalten ließen, sicher am siebten Tag seines Wirkens erschuf. Für mich war so viel Pracht auf einmal kaum zu ertragen, besonders weil ich nun endgültig beschloss, selbst Gartenträume, Parks und Anlagen zu verwirklichen. Meine Eltern steckte ich nach meinen Italienbesuchen mit meiner Begeisterung an und riss sie mit in den Traum, den ich zu beleben gedachte. Ich war in meinem jugendlichen Elan nicht mehr zu bremsen und beschloss, recht bald in Neapel zu studieren. Nach vielen Überredungskünsten hatte ich die Eltern soweit und mein Vater sagte: »Na gut, Junge, wenn du meinst, dann soll es so sein. Ich sehe schon, wir können dir diese Idee mit dem Auslandsstudium nicht ausreden und Italien ist ja wirklich ein Land wie kein anderes. Mir hat es ja auch das mediterrane Wohlfühlklima angetan.«

Mutter nickte nur und resümierte: »Ich habe schon lange gewusst, dass er für eine Banktätigkeit, wie du sie bevorzugt hast, nicht das geringste Interesse zeigt und sich nie einer Tätigkeit im Büro widmen würde. Er war von Anfang an ein ›Draußenkind‹. Nur bei ganz schlechtem Wetter hielt er es im Haus aus. Ich finde es gut, dass er sich etwas gesucht hat, das seinen Neigungen und seinem Interesse entspricht. Ich glaube, dass das Studium zum Gartenbauarchitekten genau das Richtige ist. Es hat zwar ein Weilchen gedauert, bis er sich dazu entschlossen hat, aber wenn ich noch an seine Begeisterung denke, die er bei der Villa D'Este, den schönen Kaskaden und dem herrlichen Park in der Nähe von Rom gezeigt hat, dann musste es etwas in dieser Richtung sein. Ich dachte, er würde vielleicht in Richtung Kunstgeschichte gehen, weil er sich ja auch immer für die Restauration alter Häuser, Kirchen und Bilder interessiert hat, aber da wäre er zum größten Teil nicht draußen. Ich denke, er hat eine gute Wahl getroffen.«

Und so gaben mir meine Eltern ihren Segen und ich konnte mit meinem Studium beginnen. So ganz einfach war das natürlich nicht, denn ich hatte zwar Grundkenntnisse der italienischen Sprache, aber für ein Studium reichte es bei Weitem nicht aus. So nahm ich den Rat meiner Großmutter Anne an, der mir noch im Ohr war: »Schaff' dir eine kleine, hübsche, italienische Freundin an! Du wirst sehen, dass du im Handumdrehen die Sprache erlernst. Natürlich brauchst du auch professionelle Hilfe, aber das Beste für das Erlernen einer fremden Sprache ist der Umgang mit den Menschen, und da ist eine Freundin genau richtig für dich. Glaub' einer alten Frau, ich kenne mich aus, denn du weißt ja, dass ich deinen Großvater auch in Frankreich kennen- und lieben gelernt habe. Meinetwegen ist er nach Deutschland gekommen und hat in Windeseile meine Muttersprache gelernt. Nur manchmal kam noch der kleine Franzose durch, hauptsächlich, wenn es ums Essen ging.« So nahm ich ihren Rat mit auf den Weg, nicht ahnend, dass sich bald einiges in dieser Richtung ereignen sollte.

Zuerst einmal musste ich mir eine günstige Bleibe suchen. Neapel ist eine Millionenstadt – wo sollte ich also anfangen? Sie ist die pulsierende Metropole Kampaniens und besticht durch ihre einzigartige Lage. Lebenskunst in Neapel: Das stellte ich mir wahnsinnig interessant vor. Keine andere Stadt beherrscht es besser, ihre Attraktionen in ein buntes, kontrastreiches Volksschauspiel einzubinden, ganz abgesehen vom wohl malerischsten Panorama der Welt. Bezaubert war ich von der Villa Floridiana im Ortsteil Vomero, die ich mit der zentralen Seilbahn oder mit der Funicolare di Chiaia erreichte. Diese Villa und ihr terrassierter Park waren einst Liebes- und Trostgeschenke König Ferdinands des IV. von Bourbon an seine langjährige Geliebte Lucia Migliaccio Paranna. Dieser Teil der Stadt zog mich an wie ein Magnet.

Welcher Bezirk würde wohl für mich infrage kommen? Nach wie vor hing ich am Geldtropf meiner Eltern. Billig sollte die Unterkunft sein, aber mein Sinn für Ästhetik schloss einiges aus. Wenigstens ein bisschen Grün, nicht nur die überwiegend von der Sonne ausgelaugten, ehemals rostroten Fassaden wünschte ich mir in meiner Umgebung. So kam es, dass ich bei der Suche nach einem Zimmer zunehmend verzweifelt und niedergeschmettert war. Alles, was ich mir ansah, beleidigte meine Augen.

Derzeit lebte ich im Hotel Fiori in Vico Equense in der Nähe von Sorrent – eine sagenhaft betörende Landschaft mit Steilküste – an der sich die Wellen des azurblauen Mittelmeers brechen. Stundenlang sah ich ihnen zu, ohne müde zu werden. Ich liebte es, wenn die Schaumkrönchen hüpften. Oft sah es in der Ferne so aus, als schwebten tausende von zarten Balletttänzerinnen über das Wasser, bis der Wind sie wieder an die Steilküste trieb und sie dort zerschmetterte. Hier wollte ich gern bleiben, aber es war viel zu weit weg von Neapel. Von hier aus versuchte ich, die gemachten Kontakte auszuwerten. Bis jetzt hatte ich rund zehn Angebote angesehen und war teilweise erschüttert, denn Preis und Leistung klafften meilenweit auseinander. Sollte mein Studienwunsch daran scheitern, dass ich keine entsprechende Bleibe fände?

Als ich eines Abends in mein Zimmer zurückkam, fand ich eine Nachricht meiner Hotelwirtin auf dem Tisch: »Bitte melden Sie sich gleich bei mir, ich habe vielleicht eine Unterkunft für Sie.« So schnell mich meine Füße trugen, stürmte ich die fünf Etagen des Hotels nach unten zur Rezeption, denn es war in die Steilküste gebaut, lag also direkt am Berg. Da stand sie und fuchtelte wild mit einem Stück Papier in der Gegend herum. »Signore Horn, schnell, gerade hat meine Tante Signora Bruna angerufen, Sie müssten den Weg zurück in Richtung Neapel machen, wenn Sie Interesse an diesem Zimmer hier haben. Meine Tante wohnt in Torre del Greco, circa zwanzig Kilometer südöstlich von Neapel am Golf. Ich kenne ihr Haus, es ist im neo-byzantinisch-arabischen Stil erbaut und sehr imposant.« Das gefaxte Bild, das sie in den Händen hielt und mir überreichte, verschlug mir den Atem. Wenn das Zimmer nur annähernd so gut aussah, wie das Haus und der Blick übers Meer … Mein Herz hüpfte schon vor Freude, vielleicht war mir das Glück ja hold, denn meine Wirtin hatte ihrer Tante bestimmt erzählt, dass ich ein armer Student aus Deutschland war. Ich schwang mich auf die alte Vespa, die mir die Wirtin schon bei meiner Ankunft gegen eine kleine Gebühr überlassen hatte und düste los in Richtung Torre del Greco.

Signora Bruna empfing mich herzlich und sprach sogar einige Brocken Deutsch. Wir einigten uns recht schnell, denn ich entflammte sofort für die Unterkunft, als ich das Zimmer mit Balkon zur Golfseite sah. Enthusiastisch rannte ich auf den Balkon und rief laut: »Mein Gott ist das schön, hier muss ich ganz einfach bleiben, genauso habe ich mir mein italienisches Zuhause vorgestellt!« Doch im selben Moment drehte ich mich verlegen um und stammelte: »Was soll es denn monatlich kosten?« Mein Gesicht verriet wohl meine Sorge, denn die Signora lächelte mild. »Sie wollen also Gartenarchitekt werden? Dann fangen Sie doch gleich mal mit der Praxis an. Wenn Sie mir bei der Gartenarbeit helfen, dann komme ich Ihnen mit dem Preis für das Zimmer entgegen. Ich habe einen älteren Gärtner, aber bei den Hecken und Büschen an den Hängen ist er nicht mehr so wendig, kann schlecht auf der Leiter stehen. Es wäre schön, wenn er ab und an eine Hilfe hätte. Ich weiß ja, Sie wollen studieren, aber an der frischen Luft sein, ist bestimmt genauso wichtig. Ich denke, wir können uns da schon einigen.«

Als sie mir den Preis für das Zimmer sagte, stockte mir das Herz vor lauter Freude. Das Grundstück war herrlich gepflegt. Wenn also nur ab und zu Gartenarbeit für mich anfiel, war es ein tolles Angebot für mich. Überglücklich fuhr ich nach Vico Equense ins Hotel Fiori zurück und fiel meiner Wirtin vor Freude fast um den Hals. Ein paar Flaschen Wein, frisches Obst und Käse hatte ich von unterwegs als kleines Dankeschön mitgebracht. Und so saß ich mit meiner Hotelwirtin auf der Terrasse, sah auf der einen Seite zum »Il Vesuvio« und auf der anderen Seite zur »Isola Capri«, und das bei untergehender Sonne. Ein Traumbild, das man nie mehr in seinem Leben vergisst.

Daher fiel es mir schon etwas schwer, zwei Tage später das Hotel Fiori und meine Wirtin zu verlassen. Meine Habseligkeiten lud ich in ein Auto mit kleinem Hänger. Mein Umzug dauerte nur knapp zwei Stunden und schon aß ich auf meiner neuen Terrasse im Haus von Signora Bruna zu Abend. Zu diesem Ereignis servierte ich mir herrliche Früchte, Parmaschinken, Salami, Baguette und, wie es sich gehört, eine gut gekühlte Flasche Prosecco. So feierte ich diesen Tag, der für mich nicht nur wegen des grandiosen Zimmers ein ganz besonderes Datum wurde.

Denn auf dem Balkon über mir hörte ich plötzlich ein Geräusch, so unangenehm, dass sich mir die Haare am Körper kräuselten und ich stumpfe Zähne bekam. Was war das? Mit dem Glas in der Hand ging ich an die Brüstung und schaute nach oben. Zuerst sah ich nichts. Dann erschien eine junge Frau, die ungläubig nach unten sah. Lange dunkle Locken umspielten ihr Gesicht. Im Hintergrund hörte ich Signora Brunas Stimme: »Gina, für heute ist es genug, du kannst mit dem Putzen der Fensterbleche aufhören. Wir haben inzwischen einen neuen Mieter. Komm mit nach unten, damit ich dir Signore Horn vorstellen kann. Er wohnt ab heute bei uns.«

Es dauerte ein Weilchen, dann erschienen die beiden Frauen vor meinem Zimmer und wir stellten uns gegenseitig vor. Wie sich im Gespräch herausstellte, war Gina eine Mitbewohnerin, die ebenfalls in Neapel studierte. Zudem war sie Signora Brunas Nichte aus Perugia. Gina war jung und schön. Ach, was sage ich, schön, was ist das für ein trivialer Ausdruck. Alles, was man einer typischen Italienerin andichtet, das verkörperte sie. Für mich war sie eine italienische Erleuchtung. Sie hatte eine strahlend gelbe Bluse an, die einen Teil ihrer Schultern freigab und sie umschmeichelte ihre samtene, gebräunte Haut. Ich vernahm das erste Mal ihre helle, angenehme Stimme, sie sagte: »Ach, Sie studieren auch und wollen Gartenarchitekt werden, das trifft sich gut, meine Fakultät ist gleich neben der Ihren. Da können wir sicherlich das eine oder andere Mal gemeinsam nach Neapel fahren. Ich habe einen kleinen Fiat Topolino, ein altes Ding, aber es fährt. Und auf ihrer Vespa könnte ich vielleicht auch einmal ein Plätzchen finden?« Sie lachte über die ganze Breite ihres Gesichts, sodass ich ein strahlendes Gebiss und zwei kleine Grübchen wahrnehmen konnte. »Ein hübsches Mädchen«, ging es mir durch den Kopf, »weder eingebildet noch schüchtern, sondern ganz natürlich«.

Wir machten es uns auf meinem Balkon gemütlich und es wurde ein geselliger Nachmittag mit vielen interessanten Gesprächen. So erfuhr ich von Gina viel Neues über unsere Universität, hörte zu, als sie von den alten Teilen der Lehranstalt erzählte. Meine zwei verbliebenen Flaschen Montepulciano leisteten mir gute Dienste bei unserem Zusammensein. Dieser Rotwein aus den Abruzzen schmeckte mir besonders gut. Etwas Käse rundete unseren Imbiss ab.

So verbuchte ich den ersten Tag im Haus von Signora Bruna und Gina als vollen Erfolg. Denn ich fühlte mich in Gegenwart der jungen Frau wohl. Sie war von einer ansteckenden Fröhlichkeit und ließ mich spüren, dass sie gern mit mir zusammen war. Vor allem ihre offene Art, mit der sie mir viele Tipps für meinen Unieinstieg gab, nahm mich für sie ein. Schnell war ich sicher, dass ich mit Gina jemanden gefunden hatte, der sich in der Uni und auch in Neapel und Umgebung auskannte.

Nachdem für den nächsten Tag alles geplant war, verabschiedeten sich die beiden Damen und Gina flötete auf der halben Treppe nach oben: »Also dann, bis morgen, ich hole dich um neun Uhr ab, aber bitte nicht verschlafen, denn meine morgige Vorlesung ist mir besonders wichtig, da darf ich nicht fehlen! Streng dich an, damit du beizeiten aus den Federn kommst!«

Woher wusste sie, dass ich morgens immer ein bisschen bummelte? Trommelte schon der Buschfunk zwischen den zwei Signoras? Überglücklich schlief ich am Abend in meinem neuen Domizil bei offenem Fenster ein. Der Duft aus dem unter mir liegenden Garten wehte zu mir herauf und ich genoss es, Gina in meine Träume mitzunehmen. Gina Pitrelli, so hieß sie, hatte mich sofort verzaubert.

Die erste Woche an der Universität Neapel Federico II, gegründet 1224 von einem deutschen Kaiser, verging wie im Fluge. Schließlich gab es viel für mich zu tun. Aber dank Ginas Hilfe fand ich sofort das große Gebäude der Agrarwissenschaften, also die Facoltà di Agraria und den Bereich um Professore Giancarlo Barbieri. So konnte ich zügig meine Immatrikulation erledigen.

Der Studentenausweis war ein begehrtes Stück Papier, das mich als Student für den Bereich Serre di Agronomia und Serre di Botanica auswies, und das ich für vieles brauchte – etwa für den Zutritt zu allen großen Bibliotheken und zu den Hörsälen innerhalb und außerhalb der Uni. Zudem eröffnete der Ausweis mir den Zugang zu allen Sehenswürdigkeiten, zu Theatern, Museen und anderen Kulturstätten in aller Welt, nicht allein in Italien.

Bereits vor einigen Wochen hatte ich meine Unterlagen schriftlich eingereicht. So war die Einschreibung schnell getan, und ich freute mich auf die baldige Immatrikulationsfeier, bei der alle neuen Studenten eingewiesen und vorgestellt wurden. Ich wusste bereits, dass sich noch zwei andere junge deutsche Männer für das Studium der Gartenarchitektur eingeschrieben hatten. Daher stellte ich mir vor, dass ich bestimmt nicht vereinsamen würde. Sicher wäre mir zumindest einer der beiden sympathisch. »Man geht ja in der Fremde eher aufeinander zu als zu Hause«, dachte ich.

So war ich gespannt auf die nächsten Tage und freute mich, dass bis jetzt alles wie am Schnürchen lief. Natürlich schrieb ich den Eltern und sie waren ebenso begeistert von meiner Nachricht und wünschten mir viel Glück. Einige Fotos vom Haus, von meinem neuen Zimmer und von der Uni legte ich bei. Natürlich auch ein Bild von Gina Pitrelli.

Bald besuchte ich meine ersten Vorlesungen und traf auf einige hoch gelobte Dozenten und Professoren. Unter ihnen war eine junge Professorin, die mir besonders gut gefiel. Denn sie machte uns drei Studenten aus Deutschland gleich klar, dass sie bei der Stoffvermittlung auf uns keine Rücksicht zu nehmen gedachte. »Es liegt an Ihnen, meine Herren«, mahnte Signora Professore Landini, »dem Lehrstoff zu folgen. Ich hoffe für Sie, dass Ihr Italienisch gut genug ist. Ansonsten würde ich Ihnen empfehlen, zuerst einmal die Sprache zu erlernen, bevor Sie uns hier die Zeit stehlen! Papier ist geduldig, Sie haben ja alle drei schriftlich versichert, dem Studium in unserer Landessprache folgen zu können.«

Nach dieser kurzen Ansprache nahm sie uns tatsächlich mit in die Mensa und spendierte jedem von uns einen Cappuccino.

Die Unterhaltung, die wir mit ihr auf Italienisch führten, schien sie zufriedenzustellen, denn am Ende ihrer Pause verabschiedete sie sich mit den Worten: »Ich konnte mich davon überzeugen, dass Sie alle drei so einigermaßen den Anforderungen gewachsen sind, also packen Sie es an, mal sehen, wer von Ihnen der Beste sein wird!« Sie hob die Hand, lächelte wissend und hatte uns schon mit Ihrem Charme eingefangen, denn jeder von uns nahm sich insgeheim vor, der Beste bei ihr zu werden.

So waren schon zwei Frauen in meinem Herzen, für die ich schwärmte. Eine junge Studentin und eine gestandene Professorin, die mich inspirierten und zu Höchstleistungen antrieben. Beiden wollte ich gefallen; doch in erster Linie war es Gina, die mich immer mehr interessierte. Im letzten Jahr hatte sich ihr Leben verbessert, wie sie erzählte. Mit ihrem Weggang aus Perugia fing für sie ein neues Leben an. Bei ihrer Tante Signora Bruna konnte sie, wie ich, ein wenig arbeiten, denn sie half ihrer Verwandten im Haus. Zudem studierte Gina in Neapel Betriebswirtschaft. Bei ihrer, wie sie es ausdrückte, »Nennmutter« in Perugia war das unmöglich für sie. Dort sollte sie nur das Dienstmädchen spielen. Durch das Studium hoffte sie, später auf eigenen Beinen zu stehen und nicht mehr von dieser Nennmutter abhängig zu sein.

Es hatte Krach gegeben als Gina ihr Haus verließ und bei der Tante Unterschlupf fand. Eine kleine Summe Geld überwies die Nennmutter dennoch nach geraumer Zeit monatlich an Signora Bruna. Wahrscheinlich sorgte sie sich, sonst von ihrer Familie verurteilt zu werden. Von dem kleinen Betrag musste Gina ihren Lebensunterhalt bestreiten. »Was ist eine Nennmutter?«, fragte ich Gina. Und sie erzählte: »Sie war die Geliebte meines Vaters nach dem Tod meiner Mutter, die nach meinem fünften Lebensjahr verstarb. Meine Nennmutter Theresa ist sehr vermögend, mein Vater dagegen war ein erfolgloser Chemiker und musste mehrfach die eidesstattliche Versicherung abgeben, dass er finanziell am Ende war. Aber er war ein guter Liebhaber – wie Theresa immer wieder betonte – ein gut aussehender Charmeur, und das wusste er. So war er froh, dass sie mich und ihn nach seiner Pleite zu sich in ihr Haus nahm. Wenn ich es mir recht überlege, dann hat er sich von da an nicht mehr um eine Arbeit bemüht. Er wusste ja, Theresa kam aus gutem Hause und war reich, das nutzte er aus. Für mich war das oft nicht leicht, denn ich wurde von dieser Frau nur geduldet! Als mein Vater starb war ich vierzehn Jahre alt. Jetzt hatte ich niemanden mehr, nur diese Theresa, meine Nennmutter, den Namen hatte ich ihr gegeben. Die folgenden fünf Jahre waren die Hölle für mich, denn sie hatte mehrere wechselnde, meist jüngere Liebhaber, bei denen ich natürlich störte. Das war eine miese Zeit für mich. Deshalb bin ich so froh, dass ich jetzt hier bei meiner Tante sein darf.«

Und ich war froh, dass es Gina gab. Ich glaube, bei mir war es Liebe auf den ersten Blick. Als wir uns kennenlernten, prägte sich ihr Bild tief in mein Herz hinein. Jeden Tag genoss ich es, sie zu sehen. Wenn wir nicht gemeinsam zur Uni gingen, zählte ich die Stunden, bis ich wieder bei ihr war. So kaufte ich oft ein und abends, wenn es meine Zeit zuließ, kochte ich für uns beide. »Du musst noch abschmecken«, sagte ich jedes Mal. Trotz der vielen italienischen Gewürze fehlte bei meiner Kochkunst der gewisse Pfiff. Meist ging Gina dann noch einmal in den Garten und hatte das entsprechende Kräutlein zur Hand, das meine Gerichte mit dem richtigen italienischen Aroma abrundete. Wenn sie sich dann entspannt und zufrieden mit dem Essen auf meinem schönen Balkon räkelte, schwebte mir wieder das Bild meines Lieblingsmalers Salvador Dali »nu dans un paysage« vor Augen.

Eines Tages, wir kannten uns schon fast ein ganzes Jahr, traute ich mich. Ich ging hinüber zur Liege, auf der sie schläfrig lag, und hob sie hoch. Sie sah mich nur erstaunt an, wehrte sich jedoch nicht, als ich ganz zart ihre vollen Lippen berührte. Ich trug sie ins Zimmer, sie schlang ihre Arme um meinen Hals und ein Glücksgefühl, das ich bisher noch niemals erlebt hatte, strömte durch meinen Körper. Ganz sanft legte ich sie auf das breite Bett und wir versanken in einer uns unbekannten Glut der Empfindungen. Ihr Haar, ihr Körper strömten Gerüche aus, die mir die Sinne raubten. Ich glaubte ohnmächtig zu werden, so ergriffen war ich von ihrer Schönheit. Nackt lag sie vor mir, sie bebte, zitterte, ihr Körper verlangte nach mir. Ich streichelte sie, immer und immer wieder. Heute sollte es geschehen. Sie wollte mich, das gab sie mir eindeutig zu verstehen. Behutsam verschmolzen unsere beiden Körper zu einer Einheit. Es war als würden wir beide in einer Seifenblase über den Wolken schweben, so innig und zart, dass ich Angst hatte, mein Glück würde gleich wieder zerbrechen.

Denn ich wusste, dass ich als dahergelaufener, unreifer, erst zweiundzwanzigjähriger Mann, der noch nichts war und nichts hatte, in den Augen dieser Nennmutter Theresa für Gina überhaupt nicht in Frage kam, nicht vor ihren Augen bestehen konnte. Gina deutete mir immer wieder an, dass diese Frau, die das Mädchen finanziell versorgte, etwas anderes für sie plante. Im Umkreis der Nennmutter bewegten sich einige junge Männer, darunter von ihr abgelegte Liebhaber, die ihr für ihren Zögling willkommen waren. Vor allem sollte Gina auf keinen Fall einen Ausländer zum Mann nehmen, noch dazu jemanden, der nicht katholisch war – eine Todsünde in Theresas Augen.

Und so nahm dieser »unwürdige« deutsche Mann Gina an diesem lauen Sommerabend die Unschuld. Was würde nur über uns beide hereinbrechen, wenn wir heirateten? Vorsichtig küsste ich meine Gina und zog das leichte Leinentuch über ihren wundervollen zarten Körper. Ich streichelte sie in den Schlaf – heute keine Gedanken mehr machen, heute alles auskosten. Jede Minute dieser Nacht sog ich in mein Innerstes hinein. Ich wollte vor Glück zerspringen, obwohl ich genau wusste, dass mich die

Wirklichkeit grausam einholen würde. Ganz leise sprach ich auf Gina ein: »Wir beide, wir schaffen es, niemand wird uns daran hindern, unser Glück zu leben, das verspreche ich dir.«

Um mein Versprechen zu halten, musste ich alle Papiere aus Deutschland besorgen. Gina war glücklich, als sie bemerkte, wie ernst es mir mit der Hochzeit war. Als ich sie zwei Wochen später fragte: »Gina, mein Liebes, willst du meine Frau werden? Ich möchte dich auf Händen tragen, dich nie mehr verlieren, gemeinsam mit dir durchs Leben gehen und dir immer ein guter Ehemann sein. Vielleicht sind wir ja auch noch zu jung, aber ich glaube, wir gehören zusammen, und das werden wir allen beweisen. Deiner Nennmutter Theresa und meinen Eltern zum Trotz, die mir anfangs auch einreden wollten, dass eine Ehe mit dir verfrüht wäre und ich zuerst einmal fertig studieren sollte.«

Gina saß mit angezogenen Beinen in ihrem strahlenden, gelben Kleid bei mir auf der Terrasse und schaute verträumt über den Golf nach Neapel. Sie stand auf und nahm mir das Glas Champagner aus der Hand und zog mich nah an sich heran, sah zu mir auf: »Natürlich will ich, das weißt du doch. Ich liebe dich mit jeder Faser meines Herzens, denn ich fühle mich rundum wohl bei dir. Niemals mehr möchte ich zurück nach Perugia zu Theresa. Ich bin so froh, dass wir uns hier begegnet sind.« Sie umarmte mich zärtlich, küsste mich und sagte leise: »Ja, ich will für immer mit dir zusammenbleiben. Wir werden heiraten, auch wenn uns so vieles entgegensteht. Sag deinen Eltern, dass ich ihrem Sohn eine gute Partnerin sein werde.«

Großmutter Anne hatte wohl ganze Arbeit geleistet, denn als der Hochzeitstermin stand, reisten die alte Dame und auch meine Eltern an. Und sie waren genauso begeistert von Gina Pitrelli, wie ich es war. Ich wollte die Welt umarmen. Der Himmel schien blauer, das Meer lachte, es strahlte uns an. Die Palmen winkten uns mit ihren Wedeln zu, begrüßten uns, als wir endlich nach der langen Trauungszeremonie aus der Kirche kamen. Es hörte sich im lauen Wind an, als raunten sie: »Ihr seid ein schönes Paar, ihr seid ein schönes Paar …«

Der Priester, der uns gesegnet hatte, verabschiedete sich mit den Worten von uns: »Von allen Geschenken, die uns das Schicksal gewährt, gibt es für euch kein größeres Gut als die Liebe, keinen größeren Reichtum und keine größere Freude. Gott hat euch beide ausgesucht, dass ihr glücklich miteinander werden sollt, und wenn ich euch so ansehe, dann kann man das Glück, das euch beide verbindet, fast körperlich spüren. Lasst es euch von niemandem nehmen oder streitig machen.«

Wie Recht er hatte. Meine Familie stand jedenfalls hinter unserer Entscheidung zu heiraten. Ginas Nennmutter hingegen spuckte Gift und Galle. Meine junge Frau machte einiges durch, nachdem sie Theresa unsere Hochzeit angekündigt hatte. Aber wir standen fest zusammen und ließen uns nicht davon abbringen, zusammen durchs Leben zu gehen. Gina wirkte in dieser Zeit so zerbrechlich und war oft traurig. »Warum macht sie mir das Leben so schwer, warum kann sie nicht akzeptieren, dass ich mit dir mein Glück gefunden habe? Wahrscheinlich, weil sie es selbst nie gefunden hat. Auch nicht mit meinem Vater. Vielleicht ist das eine gewisse Rache, die sie nun an mir auslässt. Wenn ich so recht darüber nachdenke, dann könnte sie einem fast leidtun! Aber sie kann mir doch nicht mein Leben verbieten, wenn ihres schon so dumm gelaufen ist, vor allem wo sie doch im Grunde genommen gar nicht meine richtige Mutter ist. Sie muss doch froh sein, wenn sie trotz allem an meinem Leben teilnimmt, und ich endlich auf eigenen Beinen stehen kann.« Meine Gina resignierte nicht. Nach außen war sie stark, denn sie wusste mich an ihrer Seite, der sie über alles liebte und jetzt sogar mit ihr verheiratet war.

Kapitel 3:

# »Einmal selbst sehen, ist mehr wert, als hundert Neuigkeiten zu hören«

So widmete sich jeder von uns seiner Ausbildung. Vor Gina lag noch etwa ein Jahr des Studiums; ich war beinahe fertig mit meinem, weil ich schon zwei Semester in Deutschland studiert hatte. Eine schöne Zeit waren diese gemeinsamen Jahre bei Signora Bruna. Sie überließ uns zwei miteinander verbundene Zimmer im Dachgeschoss ihres Hauses und eins davon ging auf die herrliche Dachterrasse. Wir lebten wie die Fürsten, denn unseren Ausblick von dort oben empfanden wir wie im Schloss. Ich liebte es, abends, den Blick auf das azurblaue Meer oder auf den blühenden Garten gerichtet, bis spät in die Nacht auf dieser Terrasse zu verweilen. Wenn sie genug gelernt hatte, kam Gina nach draußen und strich mir übers Haar. »Du hast wohl hier draußen die besten Einfälle, die du für dein Studium brauchst. Jetzt ist aber Schluss mit deiner Lernerei, ich möchte auch noch etwas von meinem Liebsten haben.« Wenn ich aufsah von meinen Arbeiten, kam sie oft mit leckeren Kleinigkeiten, die uns den Abend noch mehr verschönten.

Mit den »besten Einfällen« hatte sie Recht, denn ich meisterte bald darauf meinen Studienabschluss mit Bravour und zu meinem Erstaunen empfahlen mich Professor Giancarlo Barbieri und meine ehemals skeptische Professorin Signora Landini, die ich platonisch immer noch anbetete, der Akademie für Agrar-

und Gartenbauwissenschaften in Neapel. Aufgrund meiner guten Leistungen und der Empfehlung wurde ich vom Fleck weg eingestellt und arbeitete an einem Gartenbauprojekt mit.

Die Landesinitiative »Sogno di Giardini« lebt unter anderem von der breiten Unterstützung und Akzeptanz interessierter Bürger und Unternehmen. So sind alle, denen die Erhaltung und Nutzung historischer Parkanlagen am Herzen liegt, eingeladen, Fördermitglied zu werden. Diese Aufgabe, einen Aufruf mit dem Titel ›Gartenträume – Historische Parks in Italien‹ zu starten, erhielt ich zusätzlich zu meiner praktischen Arbeit an der Akademie. Sie fiel mir wohl deshalb zu, weil Frau Professor Landini mir und auch meinem Arbeitgeber immer wieder versicherte, ich habe eine mitreißende Art, Menschen zu begeistern. Ich sei in der Lage, den Leuten klarzumachen, wie wichtig diese Arbeit und Aufgabe bei der Neuschaffung von Parkanlagen sowie bei der Erhaltung historischer Parks sei.

Gleich zu Beginn dieser Aufgabe kam mir eine zündende Idee. Für die Internetpräsenz der Akademie stellte ich eine einmalige Route zu den prächtigsten und bedeutendsten Parks des Landes zusammen, unter dem Motto: »»Einmal selbst sehen, ist mehr wert, als hundert Neuigkeiten zu hören‹, so sagt man nicht nur in Japan, sondern auch in Italien.« Den Halbsatz mit Italien hatte ich dem japanischen Sprichwort hinzugefügt. Ich ersann eine Zeitreise über fünfhundert Jahre Gartenkunst und Landschaftskultur in Italien für Flaneure und Familien. Dazu ließ ich mir einige motivierende Gründe einfallen, um Menschen für die Natur, speziell für die historischen Parks mit Schlössern, Klöstern und edlen Villen zu interessieren, um sie als Förderer zu gewinnen. Schließlich konnten diese Anlagen nur mit privaten Finanzspritzen weiter allgemein zugänglich bleiben.

Ich brannte für diese Tätigkeit und erntete nicht nur von der Akademie Lob, sondern auch von Gina: »Ich habe gewusst, dass du ein ganz besonderes Exemplar Mann bist, denn du lässt nicht nur mich in deine grüne Seele schauen, sondern auch die anderen. Ich denke, die Professoren haben dein Talent gut erkannt und es war genau die richtige Institution, die sie dir in Italien empfohlen haben. So brauche ich vorerst keine Angst zu haben, dass du vielleicht Bella Italia bald den Rücken kehren wirst.« Ginas Lob, das war doch etwas ganz Besonderes. Was sie mir sagte und vor allem wie sie es mir sagte, dafür liebte ich sie, denn es stachelte mich zu weiteren beruflichen Hochflügen an.

Nach und nach trübten jedoch Wermutstropfen unsere Harmonie. Ginas Nennmutter Theresa begann, mir unangenehme Überraschungen zu bereiten. Hielt sie sich in der ersten Zeit unserer Ehe noch bedeckt – sie war aus Ärger über uns nicht zur Hochzeit gekommen – erschien sie mit der Zeit häufiger bei uns zu Hause, wenn ich auf entlegeneren Baustellen tätig war.

Anfangs bemerkte ich nicht, dass meine Frau sich veränderte, kleine Unstimmigkeiten schrieb ich ihren Alltagssorgen zu. Aber immer öfter war sie launisch und zankte mit mir. Ich freute mich, wenn ich nach einigen Tagen auswärts wieder bei ihr war. Sie zeigte mir jedoch zunehmend die kalte Schulter und unterstellte mir Dinge, die mir die Wut ins Gesicht trieben. »Du hast sicher ein Verhältnis mit deiner Kollegin«, brach es aus ihr heraus. »Ich spüre förmlich, wie du sie anhimmelst. Wenn du am Telefon mit ihr sprichst, hast du eine ganz andere Stimme, viel sanfter als sonst. Naja, ich bin ja Alltag, mich hast du immer«, resignierte sie, wenn ich nicht auf ihre Vorwürfe einging, sondern einfach in den Garten flüchtete. Mal war es meine Kollegin, mit der ich es trieb, ein andermal schlief ich mit der Sekretärin unseres Fachbereichs. Oder sie unterstellte mir, dass ich während eines Spaziergangs mit ihr andere Frauen mit den Augen auszöge. Sie steigerte sich in eine solche Hysterie mit ihrer Eifersucht, dass ich oft nicht mehr weiterwusste. Theresas Einfluss auf meine Frau nahm unerträgliche Formen an, das wurde mir schmerzlich klar. Sie stachelte mit ihrer eigenen Eifersucht meine geliebte Gina an, die sich in immer neue Anschuldigungen und Verletzungen für mich hineinsteigerte. Das war nicht die Natur meiner Partnerin, sondern ihre Nennmutter flüsterte ihr ein, sich so zu verhalten. Gina legte sich eine Ausdrucksweise zu, die ich zuvor noch nie von ihr gehört hatte.

Immer, wenn ich beruflich verreist war, kam Theresa aus Perugia und bearbeitete ihre ehemalige Ziehtochter, die gar nicht mehr so natürlich wirkte, sondern mir oft wie eine Marionette vorkam, von dieser Frau geführt. Bemerkte sie denn nicht, dass Theresa ihr, uns beiden, nicht guttat? Als die Nennmutter dann aus Perugia in ein großes Haus nach Torre del Greco zog, weil ihr letzter junger Geliebter sie in ihrem Heimatort bloßgestellt hatte, war ich mit meinen Nerven am Ende. Tatsächlich sprudelte Gina los, dass Theresa nun alles wieder an ihr gutmachen wolle, was sie in den vergangenen Jahren versäumt habe. Die Nennmutter verfluche alle ihre jungen Liebhaber und schwöre der Liebe zu diesen Männern ab.

Eines Tages sagte Gina: »Wir könnten eine Wohnung in ihrem Haus bekommen, Miete müssten wir nicht bezahlen. Außerdem hat mir Theresa versprochen, dass sie mir ein eigenes Konto einrichten will. Naja, reich genug ist sie, es wäre für uns sicher nicht schlecht, wenn wir finanziell etwas besser stünden, findest du nicht auch? Sie hat sich doch total geändert. Mit ihrer Wiedergutmachung zeigt sie uns, dass es ihr wichtig ist, mich nicht zu verlieren, sondern dass sie sich jetzt bewusst wird, wie schön es ist, eine eigene Familie zu haben. Sie will uns sogar ein Kinderzimmer einrichten und fragt mich immer wieder, warum ich denn nicht endlich schwanger werde, ob wir denn schon über Nachwuchs gesprochen haben. Sie kann überhaupt nicht verstehen, dass du noch keine Kinder willst. Sie würde sehr gern die Rolle der Großmutter übernehmen.«

»Mein Gott«, dachte ich nur. Merkte Gina nicht, in welche Situation sie uns trieb? Gnadenlos verfolgte Theresa nur die eine

Strategie: uns mit aller Macht von sich abhängig zu machen. Wir waren auf dem besten Weg, nach ihrer Pfeife zu tanzen. Unser Eigenleben würde veröden. Mir graute bei dieser Vorstellung. Ich konnte diese Gedanken in meinem Kopf gar nicht zu Ende bringen, weil mich die Angst befiel – Angst, meine geliebte Gina an diese perfide Frau zu verlieren.

Doch diese Bosheit in Person, die Gina ehemals so zugesetzt hatte, stellte meine Frau plötzlich auf einen Sockel, den ich nicht ankratzen durfte. Bei jeder Gelegenheit hetzte Theresa gegen mich. Zunehmend beäugten und bewerteten die zwei Frauen mein Handeln. So nahm ich immer öfter Arbeiten auswärts in verschiedenen Regionen an, nur um nicht zu Hause zu sein. Natürlich waren wir in Theresas Haus gezogen. Die beiden Damen fragten mich nicht, alles richteten sie an mir vorbei ein. Ich spielte überhaupt keine Rolle mehr.

Aber ich liebte meine Frau, wollte mich nicht von dieser alten Hexe an der Nase herumführen lassen. Gina, meine geliebte Gina, wie konnte ich verhindern, dass sie mir noch weiter entglitt? Was konnte ich tun, damit meine Frau sich innerlich nicht weiter von mir entfernte? Ich musste sie abhängig von mir machen, musste ihr meine ganze Liebe zeigen, nur so war es möglich, sie für mich zurückzugewinnen. Ein Gedanke keimte, stellte sich immer wieder ein und reifte in mir. Oft zog ich mich in mein Zimmer zurück und schmiedete langsam aber sicher einen Plan.

Zusätzlich zu der Front, die Theresa und Gina gegen mich aufbauten, beschlich mich immer mehr das Gefühl, dass Gina sich gegenüber jüngeren Männern wie ihre Nennmutter verhielt. Sie kokettierte in meinem Beisein mit Jünglingen, lächelte, so wie sie mich damals angelächelt hatte. Damals, als ich mich an jenem Abend auf der Terrasse in sie verliebt hatte. Was wollte sie mit diesem Verhalten bei mir auslösen, wollte sie mich eifersüchtig machen? Oder wollte sie mich verletzen, damit ich so schnell wie möglich das Haus verließ und mich in meine geliebte Arbeit stürzte? Wollte sie freie Bahn haben, um ihren oder ihre Liebhaber zu empfangen? Oft war ich ganz durcheinander und wusste nicht mehr, wie ich ihr begegnen sollte. Wenn ich sie fragte: »Hast du etwas gegen mich?« entgegnete sie nur kurz etwas Schnippisches oder gar Wütendes.

Beides gefiel mir überhaupt nicht. Ich geriet in einen Strudel der Trübsal. Meine letzte Rettung war meine Großmutter in Deutschland, die ich das eine oder andere Mal anrief. Sie ahnte sofort, dass es in unserer Ehe kriselte. Ich schüttete ihr mein Herz aus, ohne dass sie mich herunterputzte. Sie war über diese Situation genauso traurig wie ich. Sie bemerkte meine Verzweiflung und tröstete mich mit einfühlsamen Worten. So überbrückte ich manch böse Situation. Doch immer mehr reifte der Plan in meinem Inneren. Wie konnte ich ihn umsetzen?

Nachts lag ich wach und lenkte mich mit der Arbeit an meinem neuen Projekt ab, wenn ich nicht mehr schlafen konnte. Immer wieder dachte ich an den jungen Goethe, der sagte: »Hier ist's jetzt unendlich schön.« Diesen Satz schrieb nicht irgendwer an irgendwen. Johann Wolfgang von Goethe notierte ihn voller Leidenschaft in einem Brief an die Freifrau von Stein – Freundin in Geist und Seele. Nicht nur der große Dichter aus Weimar war begeistert von der Sensation in der Nähe Neapels. Nur etwa vierzig Kilometer entfernt liegt der barocke Königspalast von Caserta, den man in Italien unter Palazzo Reale, auch Reggia, kennt. Das Schloss und der Park mit seinen Wasserfällen und den vielen Brunnen – wobei einer den anderen zu übertrumpfen versucht, wie es scheint – sind überwältigend. Mir gefielen am besten der Margherita-, der Äolus- und der Ceresbrunnen sowie der Brunnen der Delfine.

Der nordöstliche Bereich des Parks wurde unter Königin Maria Karolina durch einen englischen Landschaftsgarten erweitert. 1782 nach Plänen Carlo Vanvitellis begonnen, befinden sich dort künstliche Ruinen sowie ein Chalet und die Überreste eines römischen Tempels. Hier folgten die Gestalter einer Inspiration aus Großbritannien. Es handelte sich um einen Landschaftsgarten im englischen Stil, erstmalig angelegt in Italien. Gartenkunst und Architektur in vollendeter Harmonie.

Mir fiel der Auftrag zu, diesen Teil des Parks neu herzurichten. Im Team mit angesehenen Gartenbauingenieuren und -architekten sollte diese gigantische Parkanlage restauriert werden, denn die Grünanlagen und die Brunnen waren im Laufe der letzten Jahre mehr als vernachlässigt worden. Eine fantastische Aufgabe lag vor mir, in die ich mich versenkte, um mir selbst wieder einmal eine Freude zu machen. Ein Projekt, das mich forderte und bei dem ich meine ganze Kunst umsetzen konnte. So war ich eingespannt und konnte mich noch eine ganze Zeit lang trotz meiner Eheprobleme seelisch über Wasser halten und gleichzeitig an meinem Befreiungsplan arbeiten.

Es vergingen fast zwei Jahre, in denen ich versuchte, mich mit meiner Arbeit, die mich intensiv beschäftigte, abzulenken. Wenn ich an den Wochenenden nach Hause kam, prasselten oft heftige Auseinandersetzungen auf mich ein. Endlich stand mein Plan fest: Ich wollte meine Frau um jeden Preis zurück. Auf Biegen und Brechen wollte ich sie nicht mit meiner »Schwiegermutter« teilen. Mein Denken drehte sich nur noch um die Idee, Gina von ihrer Nennmutter zu trennen. Im Grunde wollte ich nichts anderes als meine Frau wieder zurück, wollte, dass sie mich nicht verließ und mich so liebte, wie am Anfang unserer Ehe. Für mich war es klar wie das Amen in der Kirche, dass Gina unter den Fittichen dieser Hexe unglücklicher war als mit mir. Mein Entschluss stand fest. Ich würde kämpfen mit einer Waffe, die nur ich kannte, die nur ich einsetzen konnte. Lange, viel zu lange hatte ich gezögert, aber letztendlich blieb mir keine andere Wahl. Wenn auch der Ausgang meines Handelns in einer Tragödie enden sollte.

In meinem Beruf musste ich oft mit Gummihandschuhen arbeiten, denn die Dünge- oder Pflanzenschutzmittel, mit denen ich hantierte, waren zum Teil schädlich für Menschen. Daher war mir bekannt, welche Wirkung ein bestimmtes Mittel bei Anwendung auf nackter Haut hatte. Mein Plan, dieses Herbizid zu verwenden, um meine Gina zurückzubekommen, wurde zu einer fixen Idee. Ich musste sie nur umsetzen. Immer wieder verließ mich der Mut, das Nötige zu tun, um endlich wieder Frieden zu finden. Doch eines Tages nahm ich meine Arbeitshandschuhe, schwarze Latexhandschuhe und das Pflanzenschutzmittel mit nach Hause. Außerdem kaufte ich mir bei einer Reise nach Rom mehrere Paar lange, weiße Glaceehandschuhe. Ich verstaute diese Sachen, die mich zum Ziel meiner Wünsche führen sollten, in meinem Schreibtisch. In der untersten Schublade lagerten sie. Ein von mir angepasstes Holzbrett stellte ich davor, sodass nur ich wusste, dass sich dahinter meine Arbeitsutensilien befanden. Wie sollte ich weiter vorgehen?

Eines Tages kam ich nach längerer Zeit nach Hause. Meine Frau empfing mich gut gelaunt, nicht so brummig wie sonst, sondern eher aufgeräumt und sogar zu Scherzen aufgelegt. Sofort erkannte ich die Chance, die gute Stimmung für meinen Plan auszunutzen. »Komm«, sagte ich zu ihr. »Heute machen wir uns einen wunderschönen Abend. Wir fahren ans Meer und lassen uns von unserem Freund Francesco in seinem Feinschmeckerlokal verwöhnen.« Dieses Restaurant war bekannt für seine delikat zubereiteten Scampi. Sie willigte ein und wir fuhren endlich einmal wieder gemeinsam zu einem lukullischen Festmahl. Es war herrlich, wir aßen und tranken einen sizilianischen Rotwein, der uns so gut mundete, dass wir sogar eine zweite Flasche davon bestellten. Unsere Stimmung hellte sich auf und mir war, als wartete Gina nur darauf, dass ich sie verführte. Ich umwarb sie wie schon lange nicht mehr und sie ging auf mein Werben ein.

Als wir endlich zu Hause waren, war uns aufgrund des Weins so wunderbar leicht zumute wie schon lange nicht mehr.

Mein Entschluss reifte: heute würde ich meine Frau tatsächlich nach allen Regeln der Kunst verführen. Es sollte so sein wie schon lange nicht mehr. Vor allem bemerkte ich, dass Gina an diesem Abend gelöst wirkte wie ein Sommerwind. Vielleicht lag es daran, dass ihre Nennmutter für ein paar Tage verreist war. Theresa wollte sich einige Häuser an der Küste ansehen, um sie zu erwerben. Jedoch nicht, um uns zu verlassen – auf gar keinen Fall würde sie hier ihre Zelte abbrechen. Ihr Plan war, kräftig zahlende Mieter für diese Häuser zu gewinnen, um ihr Vermögen weiter aufzustocken. Diese Frau köderte Gina natürlich mit der Aussicht, eines Tages ihren Besitz zu erben. Sie war gerissen wie eine Hyäne, wenn es darum ging, sich ihren früheren Zögling gefügig zu machen. Doch zurzeit war sie fort und wir waren allein im großen Haus.

Lange hatte ich mich gedanklich auf einen solchen Abend vorbereitet. Heute käme ich meinem Ziel, meine Frau für mich zu behalten, ein Stückchen näher. Ich streichelte Ginas Haar und flüsterte ihr zu: »Geh, mach dich frisch, ich lass dir schon Badewasser in die Wanne, und nach dem Bad wirst du eine Überraschung erleben.« Ich ging auf unsere Terrasse und pflückte viele rote Rosenblütenblätter. Diese streute ich ins Badewasser, zündete Kerzen an und wartete, bis Gina ins Bad stieg. Wie schön sie doch war, ihr Körper war vollkommen. Ihre Haut, die ich so sehr liebte, war leicht gebräunt und ähnelte in ihrer Zartheit einem Pfirsich. Ihre Brüste zogen sich zusammen, als ich sie berührte und ihr einen kleinen Kuss auf den Nacken gab.

Alles in mir war Verlangen, das Verlangen meine Frau zu besitzen. Für immer sollte sie mein sein und mit keinem wollte ich sie jemals teilen. Ich wusste, dass diese Leidenschaft übermächtig und sicherlich krankhaft war. Aber es gab kein Zurück. Ich ging aus dem Bad mit den Worten: »Jetzt werde ich ganz schnell die Überraschung vorbereiten, damit wir beide eine unvergessliche Nacht erleben. Bleib bitte nicht allzu lang im Wasser, damit deine Haut nicht wie ein Waschbrett wird. Du weißt doch, ich liebe deine Haut! Schön sollst du heute Abend für mich sein, makellos schön!«

Jeder Handgriff musste nun sitzen, ich durfte keine Zeit verlieren. Ich entkleidete mich, nahm das Parfüm, das sie so mochte, vom Regal und besprühte mich mit einer Wolke des männlichen Duftes. Dann ging ich zu meinem Schreibtisch, öffnete mein Geheimfach und nahm alles, was ich für meine Überraschung benötigte, heraus. In einer kleinen Schüssel bereitete ich das Pflanzenschutzmittel vor, in diesem Fall ein Herbizid. Schnell zog ich die schwarzen Gummihandschuhe als Erstes an, darüber streifte ich die weißen Glaceehandschuhe. Dann tauchte ich die Glaceehandschuhe in das weiße Pulver. Ich durfte nicht zu viel und auch nicht zu wenig davon an den Handschuhen tragen. Auf keinen Fall sollte es stauben, sondern es musste sich gleichmäßig auf meinen Handinnenflächen verteilen und durfte keinesfalls zu sehen sein.

Jetzt eilte ich schnell zurück in unser Schlafzimmer und wartete bis Gina sich, erstaunt und etwas belustigt über mein Aussehen, neben mich legte. »Soll das etwa die Überraschung sein, ein nackter Mann mit weißen Handschuhen, was soll das bedeuten?«, lachte sie mich fragend an. Vielleicht sah ich wirklich komisch aus, aber das war mir egal. »Ich will dich verwöhnen«, sagte ich, »so, wie dich noch nie ein Mann verwöhnt hat, streicheln und anschauen will ich dich, weil ich dich unendlich liebe. Ich möchte sehen und fühlen, dass du eine Frau, meine Frau bist.«

Das Licht im Schlafzimmer war angenehm, nicht zu hell und auch nicht zu dunkel, als ich mich zu ihr herunterbeugte und anfing, sie zu streicheln. Ich weiß nicht, was ich ihr alles an diesem Abend sagte und ins Ohr flüsterte, aber meine Hände formten eine eigene Sprache, eine Sprache der Zärtlichkeit, als sie über ihren Körper glitten. Ich wusste, dass ich sie verrückt machte. Immer, wenn sie meinte, dass es zu einer Vereinigung unserer Körper kommen sollte, wurden meine Streicheleinheiten ruhig, ruhten, bis ich sie wieder und wieder zu ungeahnten Höhepunkten kommen ließ. Ich fühlte mich fast wie ein Geiger, der seinen Bogen über die Seiten seines Instruments gleiten ließ.

Wie begehrenswert sie doch aussah mit ihren etwas verschwitzten langen Haaren. Ich konnte kaum atmen, weil meine Gedanken sich überschlugen. Wie würde sie auf diese erste Behandlung reagieren? Eine Weile musste ich noch warten. Mein Verlangen war groß, doch ich beherrschte mich, sie ganz zu besitzen. Nein, heute nicht. Erschöpft schlief sie an meine Schulter gelehnt ein. Ich horchte auf ihren Atem, bis ich endlich meine doppelten Handschuhe abstreifte. Vorsichtig, ich durfte ja nicht selbst mit dem Herbizid in Berührung kommen, verschloss ich alles wieder in meinem Schreibtisch.

Es wäre sicher nicht das letzte Mal, dass sich meine Frau nach dieser Art des Beischlafs sehnte. Und ich würde ihr diesen Liebesbeweis, sie einen ganzen Abend lang zu streicheln, erbringen, denn zwei dieser Behandlungen waren erforderlich, damit das Herbizid über ihre Körperhaut eindrang. Das von mir aufgebrachte Mittel wurde insbesondere bei feuchtwarmen Verhältnissen schnell durch die Hautoberfläche absorbiert und setzte seine freien Radikale frei. Ginas Bad hatte diesen Vorgang begünstigt. Nach zwei Tagen wiederholte ich dieses Prozedere und meine geliebte Frau genoss das außergewöhnliche Beisammensein genauso wie das erste Mal. Sie war sehr glücklich. Ich musste Theresas Abwesenheit nutzen, um meinen Wunsch, Gina für immer zu besitzen, umzusetzen. Die Zeit dafür war reif.

# Kapitel 4:
## Ausflug nach Caserta

Den ersten Schritt hatte ich also getan. Hinterher wurde mir übel, weil mir erst jetzt richtig bewusst wurde, dass es kein Zurück mehr gab. Die nächste Zeit, wie würde ich sie überstehen? »Gina«, sagte ich am Morgen beim Frühstück, »soll ich am nächsten Samstag wieder nach Hause kommen?« Sie legte ihren Kopf an meine Schulter und umarmte mich. »Clemens, es war so schön mit uns beiden wie schon lange nicht mehr. Wie wäre es, wenn ich dich am kommenden Samstag besuche und wir uns bei dir einen schönen Abend machen. Wir könnten dann das ganze Wochenende zusammenbleiben, ohne Hektik und Stress, das wäre doch sehr schön.« Wie recht sie doch hatte. Wir wären frei von Theresa und könnten uns ohne ihre wachsamen Augen und Ohren sicher viel wohler fühlen. Ich musste nur an meine Utensilien im Schreibtisch denken. Wie konnte ich es anstellen, damit Gina nicht stutzig wurde, wenn ich noch ein Gepäckstück mehr mitnahm?

»Holst du mir noch meine Tennistasche aus dem Keller? In Caserta gibt es eine Möglichkeit für uns Angestellte zum Tennisspielen. Das ist nach der anstrengenden Arbeit ein guter Ausgleich für uns. Ich darf nicht vergessen, sie mitzunehmen. Bis jetzt habe ich sie jedes Mal liegengelassen.« Als sie mir nach dem Frühstück die Tasche mit dem Schläger ins Schlafzimmer brachte, sah ich zu, wie sie meine Tennissachen in die Tasche packte. Gedanklich war ich schon weit voraus, denn ich wusste, diese Tasche war groß genug, um den Inhalt aus meinem Schreibtisch – die Schüssel, das Herbizidpulver, die schwarzen Latex- und die weißen Glaceehandschuhe – unterzubringen. Jetzt hieß es, den günstigen Augenblick erwischen, bis Gina mit dem Geschirr in der Küche verschwand.

Sie verabschiedete mich so zärtlich wie ganz am Anfang unserer Liebe, und mich durchströmte ein Gefühl voller Wärme und Zufriedenheit. Warum nur musste ich zu diesem letzten unausweichlichen Mittel greifen? Warum konnte es nicht immer so harmonisch und schön sein. Warum gab es Theresa, die alles zerstörte? Mein Denken kreiste immer nur in die eine Richtung. Ich wollte nicht teilen, schon gar nicht mit meiner Schwiegermutter Theresa. Warum kam mir nicht in den Sinn, diese Frau von uns fernzuhalten? Wusste ich instinktiv, dass sie schlauer war als ich und ich, als junger Mann, ihr nicht gewachsen war? Ich haderte mit mir und meinem Schicksal. Was auch käme, so schlau war sie nicht. Sie würde mir und meinem Handeln nicht auf die Schliche kommen. Dafür hatte ich gesorgt.

Im Gartenhaus stand ein Säckchen mit den geruchlosen, weißen Kristallen des Herbizids. Es war mit dem Aufdruck versehen, dass es sich um ein unkrautvernichtendes Mittel handelt, hergestellt in England. Jeder konnte an das Säckchen kommen, natürlich auch meine Frau, die sich oft mit Gartenarbeiten beschäftigte. Die Anleitung, wie das Mittel anzuwenden war, und die Gefahrstoffkennzeichnung hatte ich selbstverständlich entfernt. Auch den Plastikaufkleber mit dem Totenkopf, der das Mittel bei unsachgemäßem Vorgehen als sehr giftig auswies, hatte ich abgezogen.

Ich brauchte noch diese eine Anwendung, damit ich Gina ganz für mich allein hatte. Mein Handeln war kriminell, das wusste ich nur zu gut und es nagte auch an mir, ließ mich oft nicht in den Schlaf kommen. Aber ich musste meine Ehefrau vor dieser falschen und hinterlistigen Schlange, die mich selbst in

meinen Träumen quälte, retten. Meine Gedanken kreisten nur
um das eine Thema. Ich versuchte mir immer wieder selbst Mut
zuzusprechen und mein Handeln zu entschuldigen. Bis ich eines
Tages soweit war und daran glaubte, nichts Unrechtes zu tun. In
meinem Denken war ich Ginas Retter. Ohne mich entkam sie
niemals dem Würgegriff ihrer Nennmutter. Ich war überzeugt,
dazu bestimmt zu sein, die Nennmutter mit Ginas Tod zu bestrafen. Diese fixe Idee raubte mir manchmal fast den Atem.

Um mich abzulenken, widmete ich mich völlig dem Projekt
am Schloss. Ich war gefangen und begeistert von der Anlage,
die mich umgab. Der Palast von Caserta. Welch monumenta-
les Bauwerk mit riesigem Schlosspark, auf hundert Hektar ver-
teilt. Dieser barocke Königspalast ist eines der größten Schlös-
ser Europas und wurde als Residenz der Bourbonen für deren
Herrschaft über die Königreiche Neapel und Sizilien errichtet.
Infolge des Wiener Friedens von 1738 wurde der spanische Kö-
nigssohn Karl König von Sizilien und Neapel. Als Karl III. war
er der erste Herrscher seit zweihundertdreißig Jahren, der seine
Residenz in das ihm zukommende Reich verlegte und es nicht
aus der Ferne seines Stammlands regierte. Wie man mir erzählte,
war dieser riesenhafte Palast von rechteckigem Grundriss Kulisse für diverse große Filmproduktionen.

Die Fläche für die neue Palaststadt fand sich nördlich von Neapel in der Provinz Caserta. Als Architekt arbeitete dort Luigi

Vanvitelli, während Martin Biancour als Obergärtner für die ab 1753 angelegten, weitläufigen Garten- und Parkanlagen tätig war. Hundert Jahre dauerte die Fertigstellung dieser pompösen Garten- und Parkanlage. Ich war sofort verliebt in diese Barocklandschaft, die heute zum Weltkulturerbe der Unesco gehört.

So war ich in der nächsten Zeit mit der Begehung der zahlreichen Brunnenanlagen, Wasserbassins und Kaskaden beschäftigt. Der nordöstliche Teil des Parks, der mir als Mensch aus dem Norden natürlich auch sehr am Herzen lag, wurde unter Königin Maria Karolina durch einen englischen Landschaftsgarten erweitert. 1782 nach Plänen von Carlo Vanvitelli errichtet, finden sich dort künstliche Ruinen sowie ein Chalet und die Überreste eines römischen Tempels. Der Garten besitzt heute noch exotische und seltene Pflanzen, wie zum Beispiel Kampferbäume oder Libanon-Zedern, und war 1880 der erste Ort in Europa, an dem die aus Japan stammenden Kamelien angepflanzt wurden. Für die Gestaltung und Pflege der wertvollen und seltenen Pflanzen wurde damals eigens der deutsche, in England ansässige Gärtner John Andrew Graefer engagiert. Hier war ich also genau richtig, denn die Bücher der englischen Garten- und Parkkultur waren von Anfang an meine Inspiration dazu, mich für die Landschaftsarchitektur zu begeistern, und ich liebte diesen, meinen Beruf inzwischen sehr.

In gewisser Weise freute ich mich auf Ginas Besuch am nächsten Wochenende. Längst hatte ich ein hübsches Zimmer gemietet, um nicht jeden Abend nach Hause fahren zu müssen, denn meine Abwesenheit von Theresas Haus in Torre del Greco genoss ich immer mehr. So gewann ich Abstand zu all den Dingen, die mir immer mehr missfielen. Ich nahm mir vor, meine Frau zu den schönsten Plätzen des riesigen Parks zu führen, um beim Picknick unvergessliche Stunden mit ihr zu erleben. Gerade weil sie zu Hause häufiger launisch war, wollte ich ihr hier meine große Liebe zu ihr und Caserta zeigen, sie mitreißen in eine Landschaft, die sie genauso erleben würde wie ich. Hier musste man einfach glücklich sein.

Das Gelände barg unter anderem den großflächig in den Park integrierten Berghang von Caserta. Der Barockgarten, als Bergpark konzipiert, besaß eine mittige Sichtachse von drei Kilometern Länge, die von der nördlichen Gartenseite des Schlosses auf den Hang führte. Hier wurden Wasserbassins, Brunnen und Kaskaden angelegt – wahre Wunderwerke. Gerade die zahlreichen Wasserfälle und Kaskaden dienten jedoch nicht nur einem ästhetischen Zweck, sondern auch dazu, die Neigung des Bodens auszugleichen – eine imposante gartenarchitektonische Höchstleistung der damaligen Architekten und Baumeister.

Als Gina endlich im Palazzo Reggia in Caserta eintraf, geriet sie vor Staunen beinah außer Atem – so beeindruckten sie die Palastgebäude, die wir jedoch nicht besichtigten. Ich führte meine Frau gleich in die Parkanlagen. »Oh, so schön ist es hier, das ist ja nicht zu beschreiben«, rief sie aus, als sie die drei Kilometer vom Schloss über die Wasserbassins blickte. »Wir haben viel zu

laufen«, erwiderte ich. »Wenn wir uns beeilen, schaffen wir heute vielleicht die Hälfte der Sehenswürdigkeiten im Park. Ich werde dir die allerschönsten Plätze zeigen, auch mein Lieblingsobjekt, den Venusbrunnen mit seinen kleinen Wasserfällen. Du weißt ja, Venus ist die Göttin der Liebe.« Dabei zwinkerte ich ihr verführerisch zu: »In der letzten Zeit haben wir so wenig Zeit für uns gehabt.« Sie küsste mich, schob mich sanft nach vorn und hing sich an meinen Arm. »So, nun komm, ich bin schon sehr neugierig auf all das, was du jeden Tag so bewunderst und was dir so viel Freude macht, obwohl du doch harte Arbeit leisten musst. Du kannst mich ja richtig mitbegeistern. Was machen wir denn heute Abend«, fragte sie erwartungsvoll. »Für heute Abend habe ich mir für dich etwas ganz Besonderes ausgedacht, aber das wird jetzt noch nicht verraten«, versprach ich ihr.

Wir schlenderten zu den zahlreichen Brunnenanlagen und mussten einige Kilometer wandern. Da waren der Margherita Brunnen und der Brunnen der Delfine mit einem riesigen Fischteich, der auch Wasserfall der Delfine genannt wird. Immer, wenn Gina etwas aus dem Körbchen stibitzen wollte, hielt ich sie zurück und sagte: »Warte bis wir beim Venusbrunnen sind. Da können wir uns ein lauschiges Plätzchen suchen. Bis dahin wird der Picknickkorb nicht geplündert.« »Jetzt reicht es aber, ich bin schon ganz fußlahm vom vielen Laufen«, klagte Gina, dann jedoch zeigte sie geradeaus. »Sieh doch! Da vorn ist ja auch noch ein schöner Brunnen mit kleinen Wasserfällen. Den schauen wir uns noch an, bevor es zu deinem Lieblingsbrunnen geht.«

Meine Frau war begeistert vom Ceresbrunnen mit seinen sieben kleinen Wasserfällen und der großen Ceresstatue, die in der Mitte von Nymphen, Drachen, Delfinen, Nereiden und Tritonen umgeben ist. Sie hielt ihre Hände ins Wasser, um mich ein wenig zu necken. Das Spritzen war nicht unangenehm, denn die Tröpfchen, die auf meiner Haut landeten, gaben mir für ein paar Sekunden so etwas wie Frische. »Na warte, wenn ich dich kriege«, scherzte ich, »dann musst du nackt ohne dein duftiges Sommerkleid im Brunnen baden!« Sie flatterte wie ein kleiner, bunter Schmetterling vor mir her in nördlicher Richtung weiter, denn sie hatte inzwischen den Venusbrunnen entdeckt. Meinen verspielten Venusbrunnen, den ich so sehr liebte, mit seinen zwölf kleinen Wasserfällen. Sein Name resultiert aus einer Marmorgruppe, die die von Nymphen, Hunden, Knabengestalten und Amoretten umgebene Statue der Venus darstellt, wie sie versucht, Adonis von der Jagd abzubringen. Doch meine Jagd begann hier, denn ich hatte gerade diesen Brunnen ausgewählt, um meine Gina an diesem besonderen Ort mit allem, was ich ihr zu bieten hatte, zu verführen. Das Grün der Oleanderbüsche und Kamelien war berauschend und es duftete nach Erde und Blüten. Die Büsche standen so dicht und kuschelig beieinander, dass sie für mein Vorhaben das perfekte Versteck waren.

Kapitel 5:

# War ich auf dem richtigen Weg?

Meine damalige Stimmung kann ich gar nicht so genau beschreiben. Einerseits war ich euphorisch, aber andererseits hatte ich weiche Knie, denn ich wusste ja, dass dieser Tag wahrscheinlich der glücklichste in meinem, das heißt in unserem, Leben sein sollte. Es war die dritte und letzte Anwendung, die ich heute inszenieren würde, aber nicht hier am Venusbrunnen. Hier wollte ich meine Gina noch einmal in ihrer vollen Schönheit, die dem Aussehen der Venusstatue in keiner Weise nachstand, genießen. Jetzt war sie fast noch gesund. Das würde sich ändern, wenn sie wieder zu Hause bei ihrer Nennmutter in Torre del Greco war. Da würde sie schon ein leichtes Brennen im Mund und im Hals verspüren. Sicher deutete sie es als einen grippalen Infekt, den sie sich bei unseren gemeinsamen Unternehmungen im Park zugezogen hatte.

Für heute Abend hatte ich mir etwas ganz Ungewöhnliches ausgedacht. Ich war jetzt schon voller Erwartung, ob meine Überraschung für Gina gelänge. Wenn ich sie streichelte, musste ich die Dosis des Pflanzenschutzmittels etwas erhöhen, es durfte jedoch nicht zu viel sein, damit ihre Haut nicht zu stark reagierte. Ich hatte alles bis ins Kleinste geplant. Die Gedanken schossen wie Blitze durch meinen Kopf und meinen Körper. Einmal wollte ich sie noch so lieben, wie am Anfang unserer Ehe, in der freien Natur. So, wie sie es damals auch liebte. Wild und leidenschaftlich, sie sollte mir gehören, nur mir. Mit keinem Menschen auf der Welt würde ich sie teilen. Sie sollte mir jetzt noch einmal alles geben, was ich mir wünschte.

Inzwischen breitete sie die Decke aus, denn das entsprechende Plätzchen unter einem besonders blütenreichen Oleanderbusch hatte sie selbst ausgesucht. Die kleinen Wasserfälle des Venusbrunnens im Hintergrund gaben für uns die passende Kulisse ab. »Gina, komm lass uns zuerst einmal auf diesen schönen Tag anstoßen. Ich habe mich so auf diesen Moment gefreut und bin glücklich, dass es dir hier so gut gefällt«, schlug ich vor.

Wir saßen auf unserer Picknickdecke und die wunderbaren Mitbringsel – Provolone ein geschmackvoller Käse aus der Poebene, Salame picante, hauchzarter Parmaschinken, Spieße mit Oliven und Alpigiano Käsestückchen aus den Grotten von Introbio (Lecco), frische Erdbeeren und der köstliche Montepulciano, Ginas Lieblingsrotwein – mundeten uns. Meine Frau fütterte mich mit einer köstlichen Erdbeere, die ich ihr mit einem Kuss zurückgab. Als ich ihre vollen, prallen Lippen berührte, verschmolzen unsere Münder in einem nicht enden wollenden Kuss.

Wir vergaßen alles um uns herum. Vor allem verflog die Zeit. Es war ein herrlicher Nachmittag, der sich in mein Herz und in meinen Körper brannte, denn ich war sicher, so einen Tag voller Liebe und Zuneigung hielte die Zukunft nicht mehr für mich bereit. Dieser junge, verlangende Körper in seiner ganzen Schönheit würde in den nächsten Wochen zerfallen. Jetzt zweifelte ich wieder, ob ich mein Vorhaben tatsächlich in die Tat umsetzten sollte.

Gina schmiegte sich in diesem Moment noch heftiger an mich und fing an zu erzählen: »Ich muss morgen Nachmittag schon wieder bei Theresa sein. Sie will den Garten neu gestalten und ich soll sie dabei beraten. Ich glaube, sie gönnt uns das gemeinsame Wochenende nicht. Als ich ihr ihren Wunsch abschlagen wollte, um noch bei dir zu bleiben, war sie aufgebracht und beschimpfte mich, was ich doch für eine undankbare Person wäre und machte mir böse Vorwürfe, dass sie nur meinetwegen auf all ihre Bequemlichkeiten und luxuriösen Vergnügungen in Perugia verzichtet hatte. Clemens, was soll ich denn bloß machen? Wenn ich länger bei dir bleibe, habe ich die Hölle zu Hause!« Sie war blass geworden und atmete schwer. Ich drückte sie ganz fest. »Weißt du«, sagte ich, »es kommt immer alles anders, als man denkt. Mach' dir keine Sorgen. Du bleibst das Wochenende hier und sagst ihr per Telefon ab. Du kannst ja ein bisschen schwindeln, zum Beispiel, dass du dir den Magen verdorben hast und dass es dir nicht gut geht. Theresa wird das sicher nicht verstehen, aber das soll uns beiden egal sein! Wir haben uns doch beide so sehr auf dieses Wochenende gefreut und ich möchte dir, meiner kleinen Gina, doch noch so vieles zeigen, auch das Schloss, denn so viele Gemälde und solch einen Prunk hast du noch nie gesehen. Ich verspreche dir, es werden die schönsten Tage unseres Lebens werden.«

Ja, da war wieder das gleiche ungute Gefühl, das in mir hochstieg, mich wütend und traurig zugleich machte. Es zermürbte mich. Wir würden uns niemals gegen diese Schlange durchsetzen können. Sie setzte fast immer ihren Willen, den sie Gina aufzwang, durch. Meine Frau würde wieder aus Furcht vor ihr einknicken und nicht bei mir bleiben. Das musste ich unbedingt verhindern. Zwanghaft wucherten die Gedanken in meinem Kopf: »Ich will meine Frau nicht teilen, sie soll mir gehören, nur mir.« Und das musste ich in die Tat umsetzen. Jetzt war ich wieder ganz sicher, dass ich das Richtige vorhatte. Ich durfte nicht mehr zweifeln.

# Kapitel 6:
## Wie konnte ich Gina dazu bewegen, bei mir zu bleiben?

Heute Abend musste es mir gelingen, meine geliebte Gina im Palast von Caserta für die schönen Stunden, die ich mit ihr geplant hatte, zu begeistern. Sie durfte natürlich keinen Verdacht schöpfen. Also spielte ich weiter den fröhlichen, liebenden Ehemann. Ich würde ihr ein unvergessliches Urlaubserlebnis schenken, das sich ganz tief in ihr Herz senkte. Natürlich hatte ich alles bis ins Detail geplant. Im hinteren, südlichen Bereich des Palastes hatte ich ein Zimmer ausgesucht, das zu den königlichen Appartements gehörte. Ich hatte es ausgewählt, um meine Gina, die für heute Abend meine Königin sein sollte, so zu bewirten, wie es ehemals für die Ehefrau Ferdinands IV., Maria Karolina, die dort ihr Schlafzimmer und ein luxuriös ausgestattetes Badezimmer besessen hatte, üblich gewesen war. Das Bad hatte es mir angetan, denn es war für Filmaufnahmen umgebaut worden. Für die damalige Filmdiva hatte man fließendes Wasser warm und kalt installieren müssen. Dieser Umstand kam mir für mein Vorhaben sehr entgegen.

Die Raumaufteilung sowie -ausstattung wurde im Laufe der letzten zwei Jahrhunderte mehrmals verändert, doch sind noch heute Möbel aus der Erbauungszeit erhalten und dort ausgestellt. So auch das Schlafgemach der Königin Maria Karolina, jetzt im Empire-Stil möbliert – nur noch das Bett stammt aus der Zeit

Ferdinands IV. Die Zimmer spiegeln den Geschmack der jeweiligen Epoche wider, in der sie von ihren Bewohnern ausgestattet wurden.

Inzwischen war es schon recht spät geworden. Die Besucher hatten das Schloss längst verlassen. Bruno, der Aufseher, der bereits diesen Trakt des Schlosses abgeschlossen hatte, war vor einer Stunde nach Hause gegangen. Ich, als Eingeweihter, wusste natürlich, welche Schlüssel ich brauchte, um in das von mir ausgewählte Schlafgemach zu gelangen. Dort hatte ich schon all die Dinge vorbereitet, die ich für unseren gemeinsamen Abend benötigte. Meine Gummihandschuhe, die weißen Glaceehandschuhe, ein Schälchen und das bekannte Pflanzenschutzmittel.

Für Gina hatte ich einen Hauch von einem Nachthemd im Empirestil gekauft – ein leichter Traum in Weiß mit zarter Spitze. Sicher sähe sie in diesem Gewand mit ihrer leicht gebräunt schimmernden Haut wie ein Engel aus. Es war nicht durchsichtig, aber das Gewebe so zart, so anschmiegsam, dass ihr wunderschöner Körper mich wahnsinnig vor Begehren machen würde. Ich hoffte, dass auch sie sich von meinen Gefühlen anstecken ließe, denn ich wollte sie nach unserem vielleicht letzten Liebesakt sanft in den Schlaf streicheln, so wie ich es schon zwei Mal getan hatte. Sie durfte keineswegs zögern, sich mir voll und ganz hinzugeben. Es schauderte mich und ich schämte mich für meine lustvollen Gedanken, die ich schon so oft durchgespielt hatte.

Was war ich? Ich fürchtete mich vor diesem Tier, das in mir steckte und mich immer wieder gefangen hielt mit seiner Ansage: »Du musst sie ganz besitzen. Kein anderer soll sie bekommen, vor allem nicht Ginas Nennmutter, die mir meine Gina, die ich formen wollte, immer wieder fremd machte und sie mir mehr und mehr entzog, ihr sogar ab und zu gut gewachsene junge Männer ins Haus holte, nur um mir – ihrem Mann – eins auszuwischen und mir ihre Macht über Gina ein übers andere

Mal zu demonstrieren. Was war diese Frau nur für ein Mensch«, fragte ich mich immer wieder. Aber was war ich für ein Mensch? Ein Monster, das seine Frau nicht teilen wollte, für nichts auf der Welt. Das eher bereit war, sie zu Grabe zu tragen, als sie so leben zu lassen, wie sie es wollte. Vielleicht würde sie eines Tages selbst darauf kommen, dass Theresa sie manipulierte. Dieser Gedanke nagte an mir, verfolgte mich in der letzten Zeit bis in meine Träume. Am Tag hatte ich ja meine anspruchsvolle Arbeit. Da kam ich überhaupt nicht dazu nachzudenken. Aber immer, wenn ich mich wieder durchgerungen hatte, mein Vorhaben wirklich in die Tat umzusetzen, kamen kurze Zeit später die Zweifel.

Heute Abend musste ich mich entscheiden. Die benötigten Utensilien für mein Vorhaben hatte ich in den letzten Tagen im Badezimmer, das direkt an das ehemalige Schlafgemach der Königin Karolina angrenzte, in einem weißen Schränkchen verstaut. Genau wie zu Hause hatte ich auch hier eine kleine weiße Trennwand angefertigt, die mit einem leichten Druck nach hinten die dahinterliegenden Dinge freigab. In diesem Badezimmer, geschmückt mit goldenen Wasserhähnen, wertvollen Marmorverkleidungen und einem prachtvollen Deckenfresko von Tommaso Bucciano, sollte sich meine Frau bei einem Bad so richtig wohl fühlen. Sie würde nicht bemerken, dass ich dem Wasser eine ziemlich große Prise meines Pflanzenschutzmittels beigemischt hatte, der Duft des Lavendels im Badeöl würde den leichten Geruch der Kristalle des Herbizids überdecken. Um ganz sicher zu sein, hatte ich zum Test ein wenig davon in Wasser aufgelöst.

Wo blieb sie nur? Sie wollte doch nur noch telefonieren. Jetzt war sie schon fast eine halbe Stunde fort. Sollte sie sich doch von Theresa abhalten lassen, heute Nacht bei mir zu bleiben? Wieder beschlichen mich Zweifel – was sollte ich tun, wenn sie doch nach Hause fuhr? »Nein, nein«, schalt ich mich, heute Nachmittag im Park hatte sie mir fest versprochen, dieses Mal hart zu bleiben. Sie hatte wohl bemerkt, wie sehr ich mich in der letzten Zeit nach ihr gesehnt hatte. Jäh wurde ich aus meinen Gedanken gerissen, denn Gina stolperte die Treppen aus meinem Appartement zu mir in den Garten hinunter. »Clemens«, rief sie schon von Weitem, »ich muss mich entschuldigen. Ich konnte Theresa einfach nicht abhängen, sie hatte mir so viel zu erzählen. Stell' dir vor, richtig böse war sie mit mir, weil ich nun doch für dieses Wochenende hier bei dir in Caserta bleibe. Sie hat mir für unsere Terrasse eine neue Hollywoodschaukel und die entsprechenden Sessel samt Terrassentisch gekauft. Sie wurden heute schon geliefert. Nur weil ich Übelkeit und Erbrechen vortäuschte, war sie zu besänftigen. Ich sollte jedenfalls so schnell wie möglich zurückfahren, damit ich sie nicht noch mehr verärgere.«

Ich nahm Gina in meine Arme und tröstete sie: »Weißt du, mach' dir nichts draus, diesen schönen Abend lassen wir beide uns auf keinen Fall von ihr kaputtmachen. Du weißt doch, dass ich mich gerade auf dieses Wochenende mit dir gefreut habe. Ich bin sicher, dass ich nicht mehr lange hier in Caserta bleiben werde, denn Professore Landini war letzte Woche hier. Sie hat mir vorgeschlagen, dass ich mich weiterbilde. Ich soll unbedingt, um meinen Aufgaben noch gerechter zu werden, eine zusätzliche Ausbildung machen. Ich würde dann mehrere Wochen nicht in Italien weilen. Sie hat mir mehrere Ausbildungsorte genannt. Sie liegen leider alle im Ausland. Natürlich werde ich versuchen, nicht so weit entfernt von dir unterzukommen. Aber ich muss zuerst einmal schauen, welches Institut das Beste ist, damit ich ein gutes Zertifikat erhalte«, sagte ich und drückte Gina an meine Brust. Das Herz schlug mir bis zum Hals, denn ich hatte Angst, dass meine Frau alles stehen und liegen ließ, um noch heute Abend zu ihrer Nennmutter zurückzufahren. »Wir werden uns von Theresa und ihren Marotten doch das Wochenende nicht vermiesen lassen. Komm, es wird schon langsam dunkel und wir wollen uns im Park noch den

Sonnenuntergang ansehen. Das musst du einfach erleben. Zauberhaft ist der Blick von der Schlossterrasse auf den Hügel mit der rot untergehenden Sonne. Wenn ich Dichter wäre, ich hätte längst ein Gedicht geschrieben. Einen Titel dafür hätte ich schon: ›Glut über Caserta‹.« Gina lachte schallend und hängte sich fröhlich in meinen Arm. Ich zog sie liebevoll an mich und küsste sie voller Erwartung auf unseren wahrscheinlich letzten gemeinsamen Abend, den ich mit besonderer Sorgfalt vorbereitet hatte. Den Wein, die Kerzen, das Tischtuch, die wunderbaren kleinen Leckereien hatte ich einen Tag vorher im Schlafzimmer von Königin Maria Karolina im Nachttisch neben dem Bett deponiert. Gemeinsam gingen wir zum Schloss. Dann standen wir auf der großen Terrasse und Gina freute sich sichtlich, dass wir gerade noch zur richtigen Zeit diesen fantastischen Sonnenuntergang erhaschten. Ein Schauer lief mir über den Rücken, als ich sie so jung und begeisterungsfähig erlebte. Sie schwärmte: »Du hast recht mit dem Titel deines Gedichts ›Glut über Caserta‹. Einen anderen Titel gibt es gar nicht. Das Gedicht musst du unbedingt schreiben. Ich bin schon heute gespannt, was dir dazu einfallen wird.«

Ja, Glut, nicht nur über Caserta, sondern ich spürte eine Glut in mir, wie ich sie vorher nicht erlebt hatte. Ich hatte Angst zu verbrennen. Gina, meine geliebte Gina, heute würde ich sie verlieren. Merkte sie nicht, was mit mir los war? Ich wagte sie kaum anzusehen, hatte das Gefühl, dass ich mich vielleicht durch irgendeine Geste oder irgendein Wort verraten könnte. Alles in mir vibrierte. Ich atmete tief durch und versuchte, mit ganz ruhiger Stimme zu fragen: »Kleines, was meinst du, wenn wir jetzt in unser Liebesnest gehen. Wirst du mir folgen, auch wenn du nicht weißt, was ich heute für dich und für mich geplant habe?«

Es trennten uns nur wenige Schritte zum Haupteingang. Da kam plötzlich Bruno, der Verwalter, um die Ecke des Schlosses. Irritiert war Bruno als er mich und Gina auf der Terrasse erblickte. »Oh, Signore Horn, arbeiten Sie auch noch so spät an diesem Wochenende«, fragte er mich und betrachtete Gina neugierig, die immer noch an meinem Arm hing. Er war also noch nicht nach Hause gegangen, schoss es mir siedend heiß durch den Kopf. Das Herz schlug mir bis zum Hals, als ich viel zu hastig antwortete: »Ich wollte meiner Frau diesen fantastischen Sonnenuntergang und die Südachse des Schlossparks mit den Wasserkaskaden zeigen. Heute ist sie einmal Gast bei mir. Ich habe ihr doch schon so viel von den Schönheiten meines Parks erzählt.« Dabei betonte ich das Wort meines. Der Verwalter wusste nur zu gut, wie engagiert ich hier eingebunden war. Ich stellte Gina vor, er betrachtete sie mit großem Wohlgefallen und das nutzte ich aus. »Warum sind sie noch zu so später Stunde hier?« Erklärend entgegnete er: »Ich war mir nicht ganz sicher, ob ich die große Terrassentür ordnungsgemäß verschlossen habe.« Nach seiner Prüfung verabschiedete er sich mit den Worten: »Angenehme Nachtruhe, Signore Horn.« Wie recht er doch hatte. Ich entspannte mich, die Verkrampfung löste sich. Mehr als erleichtert war ich, als ich in der Ferne das Motorengeräusch seines Autos vernahm.

Schnell zog ich Gina von der Terrasse weiter in Richtung des königlichen Schlafgemachs. Es trennten uns noch einige Schritte bis zum Haupteingang. Sie ließ sich ganz leicht ins Schloss entführen, ließ die laue Sommernacht hinter sich und folgte mir zur großen Eingangstür, die ich aufschloss. Dann nahm ich sie auf den Arm und trug sie auf Händen über die königliche Schwelle. »Für heute bist du meine Königin«, flüsterte ich mit trockener, rauer Kehle. Sie schmiegte sich fest an mich und als wir im Treppenhaus standen, verschlug ihr der Prunk, der sie umfing, die Sprache. Sie konnte nur noch stottern: »Wieviele Zimmer hat das Schloss überhaupt?« »Mein Schatz, im Innern des Schlosses gibt es Platz für eintausendzweihundert Räume und ein ganz besonderes Zimmer habe ich heute Abend für dich und mich ausgesucht. Ich kann dir versprechen, du wirst begeistert sein.«

# Kapitel 7

# Glut über Caserta

Dieses Gedicht hatte ich schon längst für mich geschrieben. Ich konnte es meiner Gina nicht vorlesen, denn dann hätte sie in mein Herz sehen können, hätte gewusst, was ich in mir spürte und was ich plante. Nein, niemals durfte sie diese Zeilen lesen. Ich hatte sie in mein Gedächtnis geschrieben, hatte die Worte nicht zu Papier gebracht. Sie hatten sich in meinen Körper, in meine Seele gebrannt. Kein Mensch durfte je erfahren, wie es in mir aussah, was ich fühlte und wie ich litt.

**Glut über Caserta**
Die Sonne sinkt.
Wie ein glühender, gleißender Ball gleitet sie zur Erde.
Gelb wie die Farbe des Goldes.
Rot wie die Farbe der Könige.
Und feuerrot wie die Farbe meines Blutes.
Die Sonne sinkt, stirbt! Stirbt langsam!
Mein Auge wird feucht, kann sich nicht
sattsehen an dieser Feuersbrunst.
Verschmelzung von Himmel und Erde.
Zusammenfluss zweier Elemente.
Brennendes Inferno am Horizont.
Der Himmel hat die Erde verbrannt!

Brennendes Inferno auch in mir.
Glühende Funken erfassen meinen Körper.
Stürzendes Feuer in jeder Faser meines Leibes.
Heiß und ungestüm fließen Ströme feuriger Kaskaden
durch meine Adern, durch mein Blut.
Der Wunsch nach Verschmelzung wird übermächtig,
treibt mich dazu, Liebe für immer zu erzwingen!
Todestrieb, ich kann ihm nicht ausweichen,
kann ihm nicht entgehen.
Sie wird sterben, langsam sterben!
Wird dieser Zwang nur dieses eine Mal über mich kommen?
Oder ahne ich schon, dass ich nicht mehr zu retten bin?
Dahindämmern, leiden, sterben, warum nur …?
Bleicher Silbermond bringt mich zurück in die Wirklichkeit.

Seit geraumer Zeit schon war ich mit mir und meiner Person beschäftigt. In den Abendstunden, in denen ich nicht zu Hause war, sondern in Caserta, hatte ich ausgiebig Zeit, mir über meine Haltung und Handlungen in Bezug auf meine Liebe zu Gina Gedanken zu machen. Ich wollte sie nicht an Theresa oder irgendjemand anderen verlieren. Das Teilen fiel mir schon immer schwer. Schon als kleiner Junge wollte ich nichts abgeben. Selbst eine volle Tüte mit Bonbons konnte ich nicht herumreichen, um sie mit anderen zu teilen. Ich aß und genoss sie lieber für mich ganz allein, irgendwo in einem Versteck.

Als Einzelkind musste ich auch nichts abgeben. Im häuslichen Milieu schon gar nicht, es war eher umgekehrt. Ich wurde nach allen Regeln der Kunst verwöhnt, von meinen Eltern und erst recht von meinen Großeltern. Meine Großmutter Anne las mir jeden Wunsch von den Augen ab. Ich war doch ihr »lieber Junge«, wie sie immer sagte. Sie hatte wie ich ein gewisses Schönheitsempfinden und kaufte nur exquisite Süßigkeiten. Nur die, die mir wirklich besonders gut schmeckten und die mir auch besonders gefielen. Ich verzog mich dann in mein Zimmer und konnte nach Herzenslust allein schlemmen und genießen. Am Anfang versuchte sie noch, mir das eine oder andere Mal ein »Leckerli« abzuschwatzen, doch ich wurde dann immer richtig böse und schrie sie an: »Hast du mir nun die Süßigkeiten geschenkt oder nicht? Es sind doch meine!« »Du hast ja recht, mein Kind, natürlich sind es deine«, erwiderte sie. »Ich will sie dir ja auch gar nicht wegnehmen. Geschenkt ist geschenkt, aber du könntest mich schon einmal kosten lassen.« So belehrte sie mich anfangs noch, später unterließ sie es, um mich nicht weiter zu verärgern, denn schon allein ihr Wunsch machte mich ziemlich wütend und aggressiv. Ich verstand mich manchmal selbst nicht. Warum wollte ich immer alles besitzen?

In meiner Kindheit waren es anfangs nur Kleinigkeiten, etwas später waren es Spielzeuge, Bücher und dann, in der Jugend, Klamotten. So verstand ich einfach nicht, wie man zum Beispiel Hosen, Jeans oder T-Shirts mit anderen tauschte. Schallplatten waren mir hoch und heilig. Niemals hätte ich mich von einer geschenkten oder gesammelten Schallplatte oder Musikkassette getrennt. Alles bewegte mich tief, ob Musik, Malerei, Kunst oder Theater. Wenn ich ein Theaterstück gesehen hatte und es mir besonders gut gefiel, dann vermied ich es immer, mir dieses Stück noch einmal anzusehen. Ich scheute mich davor, enttäuscht zu werden. Lieber verzichtete ich, um es so, wie ich es als gut empfunden hatte, in meinem Herzen, in meiner Seele zu bewahren.

Meine Eltern bemerkten, dass ich mich ein wenig anders verhielt als meine Schulkameraden und Freunde. Freundschaft bedeutete mir enorm viel. Wenn ich jedoch bemerkte, dass mein Freund auch noch andere Vertraute neben mir hatte, dann zog ich mich zurück. Ich konnte nicht verkraften, dass ich ihm nicht genügte, dass er neben mir auch noch andere Kontakte haben wollte. Kam es dann zum Bruch dieser Freundschaft, litt ich fürchterlich. Speziell meine Mutter bekam diese Situationen hautnah mit, ich konnte nichts essen oder trinken. Oft wurde ich krank, bis hin zu hohem Fieber, das sich bei mir spontan entwickelte. Mein Leid bedrückte sie sehr. Sie tröstete mich immer wieder und suggerierte mir in diesen schlimmen Stunden, dass ich bestimmt wieder einen netten Freund finden werde, denn manchmal war ich untröstlich.

Aber schon damals bemerkte ich, dass ich anders war als die anderen. Einer meiner Freunde, den ich ganz besonders mochte, kritisierte mich: »Clemens, du bist kein Freund, du willst nur bestimmen und immer soll alles so sein, wie du es haben möchtest. Ich finde dich gut, du bist begabt, du hast mir auch oft geholfen, aber ich bin doch nicht dein Leibeigener. Ich möchte mir selbst meine Freunde aussuchen, mit denen ich Spaß haben kann. Such dir einen anderen Kameraden, vielleicht lässt der sich gefallen, dass du ihn nur für dich haben möchtest.«

Damals war ich zuerst geschockt und dann verärgert, ich beendete den Kontakt zu meinem Freund Peter abrupt. Mitten in einem Schuljahr wechselte ich sogar die Schule, weil ich es nicht ertrug, dass gerade dieser Freund sich mit vielen Jungen aus der Klasse gut verstand und sich neue Bekanntschaften aufbaute. Wie konnte er es wagen, mich so zu hintergehen? Ich hatte doch alles gegeben, hatte sogar einige Zugeständnisse gemacht, um diese Beziehung zu erhalten. Warum hatte er das getan? Warum war ich ihm nicht gut genug, warum trennte er sich von mir, wieso brauchte er die anderen? Warum schob er mich ab? Damals verstand ich die Welt nicht mehr. Ich war sechzehn Jahre alt und versicherte mir selbst, dass er gar nicht die anderen Jungen wollte, sondern es sicher nur ein Vorwand war, um über diese Freunde an Mädchen heranzukommen. Das hatte ich ihm zu dieser Zeit natürlich nicht bieten können.

Jetzt, als erwachsener Mann, hatte ich Gina Pitrelli gefunden. Sie liebte mich, so wie ich war. Wir waren verheiratet und genossen unser Leben. Wir waren doch so glücklich. Warum nur torpedierte Theresa dieses Glück. Ich konnte es nicht zulassen, dass sie sich ständig einmischte, mich zur Seite drängte, mich lächerlich machte. Die gleichen Ängste der Verlassenheit, genau wie damals bei meinem Freund Peter, überkamen mich. Das Verlustgefühl wie bei dem Freund, nur sehr viel stärker, überwältigte mich.

Ihn hatte ich ziehen lassen, war sogar in eine andere Schule ausgewichen, obwohl ich ihm den Tod gewünscht hatte. Damals hegte ich den unsäglichen Wunsch, dass er sterben sollte, weil er mich in meinem Innern so verletzt hatte. Meine Erinnerung an ihn sollte so sein, wie ich ihn für mich gesehen und erlebt hatte. Nie mehr wollte ich Peter treffen. Schon gar nicht erfahren, wie es ihm ging. Ich redete mir schon damals ein, dass ihn ein böses Schicksal ereilen würde, dass ich ihm von ganzem Herzen wünschte. Nur, selbst Hand anzulegen, diesen Drang hatte ich noch nicht entwickelt. Jetzt war es anders. Ich glaubte, Gina und meine Liebe zu ihr waren etwas ganz Besonderes, Einmaliges, noch nie Dagewesenes. Dazu kamen die Sexualität und ihre Schönheit, die meine Gier nach Besitz verstärkten. Ich wollte nichts abgeben von dem, was ich hatte, niemals teilen.

Der Wunsch nach Vernichtung des Lebendigen kann sowohl auf das Subjekt selbst, also in meinem Fall Gina, als auch auf andere Personen gerichtet werden, las ich in meiner Verzweiflung bei Sigmund Freud. Warum war es mir nicht möglich, meine Aggression auf Theresa zu lenken? Sie war doch diejenige, die mir in meine Lebensplanung, in meine Liebe hineinpfuschte. Warum wollte ich nicht sie bestrafen? Ahnte ich insgeheim, dass Gina mich nicht mehr so wie am Anfang unserer Ehe liebte? Hatte ich Angst, dass ich sie schon ein Stückchen verloren hatte? Diese Frage konnte und wollte ich mir nicht beantworten. Ich forderte bedingungslose Liebe ohne Wenn und Aber. Doch Freud sagt unter anderem, dass die Aggression, die ein Mensch entwickelt, nicht immer zerstörerisch sein muss, oft dient sie gerade der Erhaltung des Lebens, meines Lebens, meinem Tod also entgegenwirkend.

Was passierte mit mir, wenn Gina mich verließ, zu Theresa und ihrem großzügigen Leben tendierte oder wenn sie sich sogar einem anderen Mann zuwendete? Diese Gedanken ließ ich gar nicht in mir hochkommen, verdrängte sie sofort und doch krochen diese Gefühle der Verlustangst immer wieder hoch in mir, wie bei meinem ehemaligen Freund Peter. So bestätigte mir Freud meine Theorie, die ich mir inzwischen zurechtgelegt hatte. Er schrieb: »Im psychoanalytischen Konzept der ›Psyche‹ handelt es sich beim Todestrieb [den ich in mir spürte], um einen dem Lebenstrieb bzw. der Libido entgegengesetzten Trieb. Während der Eros nach Zusammenhalt und Vereinigung tendiert, strebt der Todestrieb nach Auflösung dieser Einheit, nach Verstreuung und Auflösung der Bindung.« Mit Gina hatte ich die Vereinigung, also war ich meinem Denken nach überzeugt, dass Theresa nicht für eine Bestrafung oder eine Vernichtung gemeint war. Wenn ich ihr Gina, ihr Ein und Alles, für immer wegnahm, vereitelte ich die Zweisamkeit der beiden. Ich zerstörte damit auch ihr Leben.

Freud beschrieb meinen Zustand, an ihn konnte ich mich halten. »Zudem«, so äußerte sich der Psychoanalytiker, »kann eine destruktive Triebenergie – über den Umweg der Sublimierung – auch in produktive, etwa künstlerische Tätigkeiten umgewandelt werden.« Und ich glaubte an diese freudsche Theorie, glaubte fest daran, dass ich einmal einer der größten und bekanntesten Gartenbauarchitekten sein würde, denn für die Schönheit der Gärten und Parks wollte ich leben und mein Bestes geben. Ich redete mir ein, auf dem richtigen Weg zu sein.

Obwohl sich ein Kernsatz zu diesem Thema in einer meiner hintersten Gehirnschubladen eingenistet hatte, der besagte: »Im Normalfall gehen Todes- und Lebenstrieb jedoch eine Vermischung ein, sofern etwa zu einer gesunden sexuellen Beziehung immer auch eine aggressive Beimischung gehört, um den Partner zu ›erobern‹. Jedoch führt die Störung des Gleichgewichts der beiden Tendenzen zu psychischer Erkrankung.« Ich bemerkte schon lange, dass das Gleichgewicht in unserer Beziehung nicht mehr so war wie am Anfang. Deshalb hatte ich mich ja mit meiner wahrscheinlich außerhalb der Norm liegenden Liebe auf ein Terrain begeben, das mir selbst nicht so ganz geheuer vorkam, das ich aber nur noch in diese eine Richtung steuern konnte. Ich negierte diesen Kernsatz, wollte ihn für mich nicht wahrhaben, denn ich fühlte mich in meinem Denken und Handeln durch die Schrift Freuds »Jenseits des Lustprinzips« nur bestätigt.

Kapitel 8:

# Träume nicht vom Leben,
# sondern lebe deinen Traum

Endlich – bald wäre ich am Ziel meiner Wünsche. Gina, die begeistert die Schönheit im Bereich des rückwärtigen Parkeingangs des Caserta-Palastes bestaunt hatte, verharrte. Sie konnte sich an den kostbaren, geschmackvollen, klassisch formvollendeten Marmorfußböden nicht satt sehen. Vorher hatten wir den ersten Saal der Hellebardiere durchquert und das Deckenfresco von Tommaso Bucciano entzückte sie. Daran schloss sich der Saal der Leibgarde mit seinem durch Stuckaturen und Arabesken verzierten Deckengewölbe an. Danach liefen wir durch den Saal des Alexander, dessen wertvolle Marmorverkleidung teilweise aus dem Separistentempel von Pozzuoli stammt. Ihr Erstaunen über den Glanz dieser meisterlich hergerichteten Räume ließ auch mich, der diesen gemeinsamen Abend besonders genoss, frohlocken. Ich war – wie meine Gina – in Hochstimmung. An elf Zimmern gingen wir vorbei, bevor ich das bewusste Schlafzimmer, mit angrenzendem Luxusbad von Ferdinand IV. und seiner Ehefrau Maria Karolina, aufschloss.

»Du machst es ja wirklich spannend für mich«, sagte Gina leise. Ich bemerkte, wie ergriffen sie von meiner Führung und von meiner angekündigten Überraschung war. Schon der Park mit all seinen unvergleichlichen, märchenhaften, natürlichen und angelegten Sehenswürdigkeiten hatten sie bis ins Innere berührt. Auch sie hatte ein Schönheitsempfinden für Natur und Kunst entwickelt, das ich ihr wohl in unserer gemeinsamen Zeit vermittelt hatte. Die Begeisterung für Kleinigkeiten, die das Herz erfreuen, teilte sie mit mir. Jetzt stand sie vor der Tür, über die ich sie tragen wollte und flüsterte: »Die Rätsel der Welt, die die Seele berühren, sind unergründlich. Wie hinter den Efeumauern dieses Palastes verbirgt sich ein oder dein Geheimnis?«

Ich war mehr als erstaunt, als ich ihre Worte, das heißt ihren lyrischen Vers, hörte: »Wie meinst du das, das sind doch nicht deine eigenen Worte? Hast du das in einem Buch gelesen?« »Nein«, antwortete sie, »seit einiger Zeit beschäftige ich mich mit dem Verfassen von Haiku- und Tanka-Versen. Das sind Gedichte in japanischem Versmaß. Ich finde es fantastisch, wenn man sein Innerstes in fünf oder drei Zeilen als Gedicht zum Ausdruck bringen kann. Was nützen oft lange Sätze, ganze Geschichten, wenn man in der Kürze sein Herz öffnen kann. Diesen Vers habe ich aber soeben auf unsere jetzige Situation hin etwas verändert, es ist kein reiner Haiku.« Ich war neugierig geworden und fragte: »Wann hast du denn diese Form des Schreibens bei dir entdeckt? Hattest du einen Beweggrund dafür? Ich dachte, du bist glücklich! Oder schreibt man nicht nur, wenn man unglücklich ist?« Sie wich meiner Frage aus und antwortete: »Komm, lass uns zuerst einmal in die Gemächer der Königin gehen, wir haben ja noch eine ganze Nacht lang Zeit über meine Dichtkunst zu sprechen.« »Ich bin übrigens sehr gespannt darauf«, sagte ich, »von dieser Seite habe ich dich ja überhaupt noch nicht kennengelernt. Du überraschst mich immer wieder. Schön, dass es dich gibt und du mir noch ganz viele Rätsel aufgeben wirst.«

Ich nahm meine Gina auf den Arm und trug sie über die Schwelle. Als ich sagte, dass sie leicht wie eine Feder sei, antwortete sie: »Die Freude verfliegt wie eine zarte Feder, vom Windstoß erfasst. So flügelleicht und flüchtig will sie eingefangen sein.« »Ist das auch ein Haiku«, fragte ich sie, als ich sie auf das königliche Bett legte. »Sag mir den Vers noch einmal.« Die Worte tropften in mein Unterbewusstsein. Wusste sie, ahnte sie etwas von dem, was ich vorhatte? War sie die zarte Feder, die ich einfangen wollte? Jetzt war ich etwas befangen und versuchte, ihr die Räumlichkeiten des Schlafzimmers und des Bads zu erklären. Ich breitete das Nachthemd, das ich für meine Gina ausgesucht hatte, über diese kleine, zarte Frau, meine Frau aus, für die ich heute das Paradies und die Hölle vorbereitete.

»Ich möchte dich von Herzen verwöhnen. Zuerst wollen wir beide uns ein abendliches Festmahl mit allem, was zu einem königlichen Ereignis gehört, genehmigen. Schau, ich habe schon alles, so gut ich konnte, vorbereitet. Du musst nur die Zutaten, einschließlich des gekühlten Kaviars auf die goldenen Platten legen, sodass wir die Köstlichkeiten nur noch essen müssen.« In einer Kühltasche hatte ich den Champagner, den Wein und den Kaviar bereitgestellt. Ich liebte es, vor dem Zusammensein zu essen und zu trinken. Es animierte mich, die schönen Früchte in den Champagner zu tauchen, um in einem Kuss die benetzte Frucht mit Gina zu teilen. Verwöhnen wollte ich sie, meine Frau, die feenhaft mit ihrem Hauch von Nachtgewand auf dem breiten Bett saß und mich erwartungsvoll ansah.

Meine Frau, die mir gehörte. Sie wird als Ganzes bei mir bleiben, wird sich in mein Innerstes brennen. So, wie die Glut über Caserta wird sie ein Teil meines Ichs werden. Wir werden eins sein, für immer und ewig. Nichts würde mich daran hindern, heute zu vollenden, was nicht mehr rückgängig zu machen war. Ich liebte sie in ihrer vollkommenen Schönheit und Jugend. Und sie vertraute mir in diesem Moment voll unendlicher Liebe, das spürte ich heute wie schon lange nicht mehr. Eine Liebe, wie es sie wahrscheinlich nie wieder geben würde. Wir aßen von den Früchten und tranken den Champagner, der unser Blut noch mehr in Wallung brachte. Ich goss meiner Angebeteten immer wieder nach, denn ich wusste, dass meine Hände, diese wunderschönen, kreativen Hände, wie sie oft genug feststellte, bald etwas täten, dass unwiederbringlich meinen Wunsch nach Unzertrennbarkeit einleitete.

Wir naschten von allen Köstlichkeiten. Am besten schmeckte Gina der Nachtisch, ein Tiramisu aus einem Spezialitätenrestaurant. Eine süße Sünde, die wir als Krönung unseres festlichen Mals verspeisten. So, jetzt konnte das Genießen weitergehen. Die Blumen aus dem Park, Glockenblumen und duftschwere Rosen, die ich in zwei herrlichen Vasen am Kopfende des Betts platziert hatte, verströmten Aromen von zarter Frische. In Gedanken war ich schon bei meinen Streicheleinheiten für Gina. Ich nahm meine Geliebte auf den Arm und trug sie ins herrschaftliche Bad.

Wie eine Nymphe saß sie auf dem Wannenrand und ich ließ ihr ein königliches Bad sogar mit warmem Wasser ein. Man hatte das Bad für Filmaufnahmen in den letzten Jahren um-

bauen müssen. Dann streifte ich ihr das Nachthemd ab. Ein Geruch aus frischen Mandarinen breitete sich über der Wanne aus und lud zum Bad ein. Der weiße, knisternde Schaum war seidenweich und umschmeichelte Ginas zarte Gestalt, die sich mit gebräunter, samtener Haut dem Wasser anvertraute. Das Haar hatte sie mit einem schwarzen Samtband nach hinten gebunden und ich küsste sie auf ihre feuchte Stirn und ihren Haaransatz. Wie gut ihr Haar roch. Im Nacken kräuselten sich ein paar vorwitzige Strähnchen. Ich liebte sie mit jeder Faser meines Körpers. Ich sah sie und sah sie auch wieder nicht. Sollte ich nicht vielmehr mit ihr in dieser Wanne liegen und mit ihr gemeinsam abtreten? Diese Welt verlassen, um mit meiner Liebe in die Ewigkeit zu verschwinden?

Nein, das konnte und wollte ich nicht, denn ich war dazu auserkoren, etwas Bleibendes zu erschaffen. Ich wusste, dass ich eine Aufgabe zu erfüllen hatte und ich dachte bereits an Brasilien und Sao Paulo. Jetzt nur nicht wankelmütig werden. Alles, was zu tun war, würde ich heute Abend umsetzen. Die heutige Gelegenheit käme sicher nicht so schnell wieder, zumal ich wusste, dass ich zwei Tage später schon auf diese Dienstreise nach Südamerika gehen musste. Das wusste Gina inzwischen auch, denn sie hatte die diversen Mails an diesem Vormittag in meinem Arbeitszimmer gefunden. In Sao Paulo fand ein Kongress statt, bei dem ich einen Teil der agrarwissenschaftlichen Abhandlungen im Bereich meiner jetzigen Tätigkeit in Caserta arbeitstechnisch durch verschiedene Vorträge mitzutragen hatte. Dies würde den Durchbruch für meine steile Karriere bringen, den ich mir erhoffte. Der Auslandsaufenthalt kam also genau zur richtigen Zeit, denn ich durfte auf keinen Fall in den nächsten zwei Wochen erreichbar sein.

»Gina, du duftest wie eine reife Mandarine. Komm, ich werde dich abtrocknen und zum Bett tragen.« Sie ließ alles mit sich geschehen. Auch sie wollte an diesem Abend etwas Einmaliges mit mir erleben, wollte mir suggerieren, dass sie mir heute ganz gehörte, bevor ich zum Kongress musste. Ein bisschen verunsichert war ich schon, denn jetzt musste alles sehr schnell gehen. »Ich lasse nur noch das Wasser aus der Wanne«, rief ich ihr zu und verschwand noch einmal im Bad. Die vorbereitete Lösung aus Paraquat-Kristallen mit zwanzigprozentigem Wirkstoffgehalt hatte ich einer kleinen Schüssel hinter einer verdeckten Klappe deponiert. In aller Eile streifte ich noch meine Gummi- und Glaceehandschuhe über, tauchte sie in das zerstoßene Pulver und konnte nun meine Gina in den Schlaf streicheln. Ich streichelte und liebte sie so, wie ich sie vorher noch nie geliebt hatte und in Zukunft auch nicht mehr lieben konnte und Gina flüsterte: »Du bist der gefühlvollste und beste Mann auf der Welt. Ich habe in meinem Leben noch niemals erfahren, was wirkliche Liebe an Zärtlichkeit geben kann.« Und weiter flüsterte sie: »Mandarinenfrisch betört mich dein Körper. Aus Liebe in dir wird beim tiefen Eintauchen der Seelen vollendet Schönes geboren.« Ein Angstschauer lief mir über den Rücken.

Kapitel 9:

# Abschied von Gina

Am nächsten Morgen schon verspürte Gina ein Unwohlsein. Unser gemeinsames Frühstück genoss ich noch. Ich wollte ihr und mir den Abschied so leicht wie möglich machen, deshalb erzählte ich ihr noch ein wenig ausführlicher von meinen Reiseplänen und vom Kongress, der mir den Einstieg in große, moderne Parkanlagen fast futuristischer Natur, ermöglichen sollte. Mein Ideenreichtum hatte sich bis Sao Paulo herumgesprochen. Ich wurde inzwischen als neu aufkommender Star alter wie auch neuer Parkanlagen gehandelt. Im Internet gab es inzwischen diverse Leistungsprofile zu meiner Person und ich war natürlich stolz auf das, was die Experten über mich geschrieben hatten. So versuchte ich die Zeit bis zur Abreise von Gina, die mit dem Zug nach Hause fuhr, zu überbrücken.

Wenn sie dann unterwegs und schließlich zu Hause war, sollte sie diese Nacht und die zwei vorangegangenen Tage im Schloss und im Park von Caserta als etwas Eimaliges, etwas Besonderes, in ihrer Erinnerung behalten. Sie würde mich und unsere gemeinsamen Erlebnisse mit in den Tod nehmen. Es würde ihr über das, was ihr bevorstand, hinweghelfen. Ich wusste, dass ihre Leidenszeit schwer, aber kurz sein würde.

Als sie in den Zug stieg, nahm ich sie noch einmal in meine Arme. »Liebes«, sagte ich, »schone dich ein wenig. Lass dich nicht wieder von Theresa einspannen. Du musst dich durchsetzen und auch mal nein sagen, nicht immer nach ihrer Pfeife tanzen. Jetzt, wo ich für einige Zeit weit weg bin, weiß sie, dass du Zeit hast und wird dich noch mehr als bisher für sich beanspruchen. Bitte, versprich mir, dass du in erster Linie wieder etwas für dich tust. Vielleicht solltest du auch einige Tage verreisen, damit du auf andere Gedanken kommst. Du kannst mich ja in jedem Fall erreichen. Das mit dem Telefonieren wird sicherlich wegen der Zeitverschiebungen etwas schwierig werden.« Ich drückte sie noch einmal ganz zart an mich, bevor sie in ihrem Abteil verschwand. Der Duft ihres Haars betörte mich …Schon jetzt wusste ich, dass ich mein Handy verschwinden lassen musste. Für niemanden durfte ich erreichbar sein.

Sie zog das Fenster herunter und winkte mir zu. »Bis bald, mein Liebster. Ich wünsche dir den Erfolg, den du verdienst und werde jeden Abend, bevor ich einschlafe, an dich denken. Komm gesund und munter wieder heim. Ich warte sehnsüchtig auf dich.« Der Zug setzte sich in Bewegung und ich sah durch einen Tränenschleier nur noch ihr buntes Tuch, das sie aus dem Fenster flattern ließ. Es sah aus wie ein Schmetterling, der davonflog.

Bedrückt ging ich in meine kleine Wohnung zurück, um die Frühstückssachen abzuräumen. Es war so, als hätte mich Gina noch nicht verlassen. Ihr halb aufgegessenes Brot, der fast ausgetrunkene Kaffee, die nicht verzehrten Früchte starrten mich an. Sie suggerierten mir beim Abräumen: »Du bist schuld, du hast sie auf dem Gewissen. Bald gibt es sie nicht mehr.«

Gut, dass ich noch so viel zu tun hatte. Die letzten Arbeitsschritte musste ich für meine Vertretung vorbereiten, denn das Projekt im Park von Caserta durfte nicht unterbrochen werden. Keine Minute hatte ich noch Zeit, um nachzudenken. Auch ins Schloss musste ich noch einmal unbemerkt, denn all die von mir und Gina benutzten Dinge im Schlafgemach Ferdinands IV. und im Bad der Königin Maria Karolina entfernte ich. Alle Spuren der Benutzung ließ ich verschwinden, dass keinerlei Verdacht auf mich, auf uns, fallen konnte.

Die Besucher würden wie eh und je durch die Räume gehen, um all die Prächtigkeiten zu bewundern, und niemand käme auf die Idee, dass in der letzten Nacht hier etwas Widernatürliches, Abnormes geschehen wäre. Oder irrte ich mich da? Vielleicht ist in den vielen Jahren und Jahrhunderten in diesen Räumen doch der eine oder andere Mord geschehen. Ich konnte kaum noch klar denken, so beschäftigte mich meine Tat. In zwei Tagen würde ich nach Südamerika, nach Sao Paulo, aufbrechen und dann würde ich sicherlich so eingespannt sein, dass ich keine Zeit mehr zum Nachdenken fände.

Zwei Tage war ich hier noch zu erreichen, in diesen beiden Tagen würden sich bei Gina schon erste Symptome bemerkbar machen: starkes Brennen in Mund und Hals, Schmerzen im Unterleib, etwas später Appetitlosigkeit und Schwindel. Vielleicht während ich noch im Flugzeug säße, würden Erbrechen und Durchfall eintreten. Möglicherweise hielte sie noch einen Tag länger zu Hause durch oder sie wäre schon im Krankenhaus. Kurzatmigkeit, Herzrasen, eventuelles Nierenversagen. Man würde im Krankenhaus feststellen, dass es sich um eine Paraquatvergiftung handelt. Aber man wüsste auch, dass es kein Antidot, also kein Gegenmittel, bei dieser Art von Vergiftung gibt. Schmerzen in der Lunge und in der Leber treten auf. Die Aufnahme einer tödlichen Dosis führt zu Krämpfen, Koordinationsstörungen, Bewusstlosigkeit – Gina würde dann keine Schmerzen mehr spüren – und letztendlich führt die Vergiftung unweigerlich zu einer irreversiblen Lungenfibrose. Der Tod tritt nach einigen Tagen ein. Es stand für mich fest, dass ich zu diesem Zeitpunkt auf keinen Fall erreichbar wäre.

Nach meiner Rückkehr aus Brasilien kämen sicherlich einige Fragen vom Personal des Krankenhauses bezüglich der Vergiftungsquelle und garantiert würde die Kriminalpolizei mir zusetzen.

# Kapitel 10:
## Gina auf der Heimreise

Als Gina in den Zug stieg, war sie mehr als verunsichert, denn das Wochenende mit Clemens war so unbeschreiblich schön, dass sie fast an ihrem Verstand zweifelte. Sie waren sich – wie schon seit langem nicht mehr – so nah, so vertraut. Es gab keine Unstimmigkeiten zwischen ihnen. Theresa war überhaupt kein Thema. Sie wurde nicht ein einziges Mal erwähnt. Doch, einmal, denn als sie nicht über das ganze Wochenende über bei Clemens bleiben sollte, schlug er ihr vor, dass sie sich bei ihr mit einem fadenscheinigen Grund entschuldigen sollte. Ihr wäre nicht gut und sie bräuchte noch etwas Zeit zum Ausspannen. Und jetzt war ihr nicht gut. Auf der einen Seite fühlte sie sich ausgelaugt und müde, andererseits konnte sie nicht umhin an die letzten heißen, wilden, unglaublich erotischen Nächte und wunderschönen Tage mit ihrem Mann zu denken. Ihr Körper vibrierte noch immer unter seinen wilden Küssen. Sie spürte ihn, wenn sie nur daran dachte, wie zart er ihren Nacken küsste, wie er sich langsam auf ihren Körper konzentrierte. Sie saß zusammengekauert im Abteil und war froh, dass sie allein war und niemand sie sah, denn sie hatte das Gefühl, dass ihr Geist und auch ihr Körper jede seiner Lust bringenden Bewegungen im Nachhinein wie durch eine Nebelwand erlebte. Sie bebte und genoss jede einzelne Phase noch einmal in der Erinnerung. Schon der Geruch seines Körpers, der noch an ihr haftete, brachte ihre Sinne zum Wallen.

Sie war benommen von all seiner Zärtlichkeit, von all seinen Schwüren. Wie konnte sie jemals an seiner Liebe zweifeln?

Warum hörte sie immer wieder Theresas mahnende Worte: »Der macht dich nur unglücklich, das ist ein Träumer, viel zu jung für dich. Du brauchst einen richtigen Mann, der nicht nur von Kunst und Natur träumt, sondern einen Mann, der im Leben steht, der dir etwas bieten kann und Kinder will, der ein schönes Zuhause schätzt und nicht in der Welt herumreisen will. So ein ›Deutscher‹, der hat doch für eine feurige, italienische Frau gar kein Händchen. Glaube es mir, ich kenne die Männer! Er ist zwar auch auf Erfolg aus, aber Erfolg mit Gartenkunst, was ist das schon?« Im Geiste sah Gina, wie sie abschätzend den Kopf schüttelte. »Ihr könntet schon zwei Kinder haben, aber er will nicht, warum nur? Das frage ich mich, das frage ich dich. Bist du so unattraktiv, dass er keine Kinder zeugen kann oder ist er etwa impotent? Oder … hat er eventuell eine Geliebte?« Gina sah im Geiste, wie sie wieder den Kopf schüttelte und sie mit großen, fragenden Augen ansah.

Sie stand zwischen zwei Personen, die sie beide immer wieder verunsicherten. Einmal war da die Nennmutter, die es sicherlich gut mit ihr meinte, indem sie ihr all die negativen Seiten ihres Mannes aufzeigte, und dann war da Clemens, der sich in den Jahren ihrer Ehe so verändert hatte, dass sie ihn so manches Mal überhaupt nicht verstehen konnte, gelinde gesagt. Und so trafen dann all die Prophezeiungen von Theresa ein. Sie wollte es nicht, aber immer mehr empfand sie schlichtweg Unzufriedenheit gegen ihren eigenen Mann, der sie so lange allein ließ, der ihr immer wieder suggerierte, wie wichtig ihm Caserta und seine Arbeit waren. Sie überlegte schon, ob sie eventuell einem sympathischen, nicht mehr ganz jungen Mann, natürlich Italiener, näherkommen sollte, den sie bei Theresa kennengelernt hatte. Er machte ihr Avancen und sie war nicht abgeneigt, ihn zu erhören. Sie mochte ihn sehr. Einmal hatten sie sich schon im Garten von Theresa getroffen. Es war ein warmer, sonniger Nachmittag und ein ausgesprochen lieblicher Abend, der ihre Gefühle sprechen ließ. Fast wäre sie schwach geworden, hätte ihn, den charmanten, reichen Mann erhört, denn Clemens war weit weg bei seiner Arbeit und die Wochenenden waren sehr einsam. Außer seinen Telefonaten, die auch nicht mehr so stürmisch waren wie zu Anfang ihrer Begegnung, sondern eher etwas unterkühlt, gab es nichts, was sie als die Erfüllung einer jungen Frau betrachten konnte.

Sie hasste sich für diese Gedanken, die sie hegte, aber ihr junger Körper wollte mehr, und unverhofft wurde ihr von Clemens dieses Wochenende beschert. Jetzt war er genauso, wie sie es sich immer vorgestellt hatte, er war wieder der Mann wie am Anfang ihrer Liebe. Eine Liebe, die schon etwas ganz Besonderes war. In den letzten Tagen hatte er ihr bewiesen, dass nur sie und nicht Caserta, seine Arbeit oder eventuell eine Geliebte das »Sagen« hatte. Sie fühlte sich glücklich, von ihm rundum verstanden, angenommen.

Mit seinem Tun und Handeln war sie in Caserta eins geworden. Sie und Clemens verband eine Liebe, die sie beide glücklich und zufrieden machte. Da gab es für sie keine Gedanken mehr an Roberto, ihren Verehrer, der ihr den Hof machte und der vorgab, sie zu lieben. Hatte Theresa da ein wenig nachgeholfen? Hatte sie ihm erzählt, wie unglücklich sie war? Oder mochte er sie wirklich? Sie würde jedenfalls nach diesem Wochenende keinerlei Zweifel mehr an ihrem Mann haben. Sie würde bestimmt nicht mehr daran denken, dass er eine Geliebte haben könnte. So verstellte sich kein Mann, der auf Abwegen war. Warum sollte er das tun?

Theresa hatte sie auf eine falsche Fährte gelockt, wollte sie von ihrem Mann trennen, wollte sie nicht mit ihm teilen, das hatte Gina schon ein paar Mal bemerkt, wenn sie immer und immer wieder kein gutes Haar an Clemens ließ. Kein zweites Mal würde sie sich darauf einlassen, ihre Vorwürfe und Anschuldigungen gegen ihren Mann anzunehmen, sie zu verinnerlichen und sich selbst und ihn immer wieder damit zu verunsichern.

Nein, damit würde jetzt Schluss sein. Und das nächste Mal, wenn Clemens wieder zu einem Kongress flöge, dann würde sie nicht ablehnen, sie würde mit ihm fliegen, alles würden sie beide gemeinsam besprechen: Flüge und Unterkünfte aussuchen, die gemeinsame Freizeit planen und endlich nähme sie an seiner, an Clemens Seite, die entsprechende Position ein, die er sich von Anfang an mit ihr, als Frau an seiner Seite, gewünscht hatte.

Ihr Magen rebellierte, die Übelkeit nahm zu. Trotzdem lehnte sie sich glücklich in die Polster ihres Abteils zurück. Sie war zufrieden, mehr als zufrieden, und das, was die Zukunft für sie bereithielt, das wollte sie getrost annehmen und umsetzen, denn sie wusste ganz tief im Innern ihres Herzens, dass sie geliebt wurde, dass sie glücklich wird. Erschöpft, auch vom Unwohlsein, schlief sie ein und wachte erst kurz vor dem Aussteigen wieder auf.

Ihr Krankheitsgefühl verstärkte sich, sie spürte einen wie ausgedörrt trockenen Hals. Schon auf dem Bahnsteig kaufte sie sich ein großes Mineralwasser. Das Zeug brannte in ihrer Kehle und verursachte nur noch mehr Durst. Sie musste schnellstens nach Hause, um sich auszuruhen, denn alle Glieder taten ihr weh. Sie hatte sich wohl im Park von Caserta am Abend verkühlt. Hoffentlich ging es Clemens nicht ebenso. Sie würde ihm jedenfalls nichts von ihrem Unwohlsein erzählen, denn sonst ließe er wahrscheinlich den geplanten Kongress platzen. Das musste sie unbedingt verhindern. In zwei Tagen schon ging seine Reise los und er freute sich doch schon so auf die vielen interessanten Begegnungen und Vorträge. Ganz sicher war sie bald wieder auf den Beinen.

Kapitel 11:
# Das Schicksal nimmt seinen Lauf

Zu Hause angekommen, wollte Gina sich zuerst einmal ein bisschen frisch machen. Sie fühlte sich elend. Mit ihrer Blässe und den verschwitzten Haaren wollte sie Theresa nicht unter die Augen treten. Sie wusste schon jetzt, was sie sagen würde. Garantiert hackte sie wieder auf Clemens herum und betitelte ihn mit den miesesten Schimpfwörtern. »Bestimmt hat er wieder einmal überhaupt keine Rücksicht auf dich genommen, du bist krank, das sieht doch jeder. Was hat er bloß wieder mit dir angestellt? Ich denke, du hast dich verkühlt. Warum bist du nicht gleich wieder zu mir nach Hause gekommen? Musste das denn sein, dass du das ganze Wochenende bei ihm in seiner kleinen, miesen Wohnung – ach was sage ich – Kaschemme bleiben musstest?« Mit fast demselben Wortlaut, der Gina vorher durch den Kopf gegangen war, fand Theresas Begrüßung im Garten statt. Sie fügte nur noch hinzu: »Du glühst ja, bist fiebrig, das ist weniger schön. Du gehörst ins Bett.«

Sicher hatte sie recht, denn ihr Zustand gefiel ihr selbst nicht. Es fühlte sich so an, als würde sie Schüttelfrost bekommen. Theresa war emsig bemüht, sie nach oben in ihre Wohnung zu begleiten. Sie machte ihr das Bett, zog die Vorhänge zu und ging in die Küche, um ihr einen heißen Tee aufzusetzen. »Das wird schon wieder werden, komm nur erst zur Ruhe. Ein Schluck heißer Tee wird dir guttun. Inzwischen werde ich nach unten gehen, um in meiner Hausapotheke etwas Passendes zu finden.

Vielleicht etwas zum Gurgeln, ein Schmerzmittel habe ich garantiert und vielleicht etwas Fiebersenkendes. Da hast du dir ja wirklich eine satte Erkältung zugezogen.«

Sie schüttelte den Kopf und verschwand. Laut murmelte sie noch, so, dass Gina es natürlich hören konnte: »Clemens ist ein Mann ohne Sinn und Verstand, er hätte doch bemerken müssen, dass es dir nicht gut geht.« Gina war im Moment nicht dazu in der Lage, ihren Partner zu verteidigen. Sie hatte doch auch gewollt, dass sie endlich einmal wieder ein traumhaftes Wochenende gemeinsam, ohne die ständigen Sticheleien und Nörgeleien ihrer Nennmutter, verlebten. Nein, sie würde sich nicht wieder vor Theresas Karren spannen lassen, diesmal würde ihre Hausgenossin ihr nicht wieder alles zertrampeln und kaputtmachen. Sie schwitzte, kleine Perlen standen auf ihrer Stirn und sie hatte unbändigen Durst. Das Brennen in Mund und Hals nahm zu. Sie trank den Tee in kleinen Schlucken. Ihr war übel und dann trat ein Schmerz in ihrem Leib ein, der sie fast zerriss. Sie weinte sich vor Qual in den Schlaf und hörte nicht, dass Theresa wieder ins Schlafzimmer kam. Jetzt lag sie ganz friedlich in ihrem großen Bett. Theresa bekam es nicht übers Herz, sie zu wecken, um ihr das entsprechende Medikament zu verabreichen, das sie für Ginas Erkältung geholt hatte. Sie sah in die Kissen und erschrak ein wenig, als sie das aufgedunsene, hochrote Gesicht der jungen Frau sah. Morgen würde es ihr bestimmt wieder besser gehen. Doch der Abend und die Nacht waren furchtbar. Theresa saß an Ginas Bett und flößte ihr immer wieder Tee oder Wasser ein. Nichts konnte die junge Frau dazu bewegen etwas zu essen. Sie hatte eine regelrechte Aversion, so übel war ihr zumute. »Wenn es morgen früh nicht besser ist, dann rufe ich Doktor Maldoni an. Solltest du dann immer noch so fiebrig sein, muss er dir Antibiotika verschreiben. Ich werde mich sofort in aller Frühe ans Telefon hängen, denn du gefällst mir überhaupt nicht. Auf keinen Fall werde ich hier bei dir allein herumdoktern. Du gehörst in die Hände eines Arztes«, plante Theresa. Sie fühlte sich mit Ginas Erkrankung überfordert, und am liebsten hätte sie Clemens jetzt im Haus, obwohl sie ihn hasste.

Aber Gina wollte auf keinen Fall, dass Clemens zu ihr nach Hause käme, um sie zu betreuen. Zu Theresa sagte sie, ihr Mann war bereits am Flughafen und hatte gerade eingecheckt, um über den großen Teich zu fliegen. »Ich möchte auf gar keinen Fall, dass er seine Reisepläne über den Haufen wirft. Schon gar nicht wegen solch einer Lappalie, wie einer kleinen Erkältung! Ich weiß doch genau, dass dieser Kongress in Sao Paulo für sein berufliches Fortkommen, seine Karriere, wichtig ist und ich möchte, dass er ohne Sorgen um mich dort hinfliegt. Das ist doch für uns beide wichtig. Zukünftig werde ich ihn sowieso begleiten.Das habe ich mir ganz fest vorgenommen.« Theresa schluckte, als sie diese Worte vernahm. Sie sagte jedoch nichts, denn jetzt war ein schlechter Moment, um Gina – wie sie meinte – wieder zur Vernunft zu bringen.

Doch es kam ganz anders. Theresa hatte genau wie Gina keine gute Nacht. Immer wieder schrie sie laut auf, und die ältere Dame war drauf und dran, den Notarzt zu rufen, aber immer wieder beschwichtigte Gina sie mit den Worten: »Bitte, warte bis morgen früh, dann wird das Fieber abgeklungen sein und dann wird es mir sicherlich besser gehen.« Theresa war – weil sie eitel war – auch nicht darauf erpicht, mitten in der Nacht den Notarzt zu empfangen. Sie legte immer noch äußersten Wert darauf, jemanden gepflegt, nett und adrett zu empfangen. Und das war im Moment überhaupt nicht der Fall. Die Haare hingen wild um ihren Kopf herum und sie sah aus wie eine aufgedunsene Tomate. Jedes Mal, wenn Gina aufschrie, hetzte sie von unten nach oben, um nach ihr zu sehen. Morgen ganz früh würde sie aufstehen und ihren Hausarzt herbitten. Sie fühlte sich schon derart belastet, dass sie Angst hatte, sie würde einen Nervenzusammenbruch bekommen, so ausgelaugt war sie. Sollte sie eventuell auch diese fürchterliche Erkältung bekommen?

Dann hörte sie einen schrecklichen, lauten, heiseren Schrei von Gina. Was war geschehen? Sie hatte sich noch einmal kurz hingelegt, dann sprang sie aus dem Bett – es war kurz vor zehn Uhr – um nach oben zu eilen. Beim Lauf zur Treppe nahm sie noch das Telefonbuch in die Hand, um bei Doktor Maldoni anzurufen, damit er schnell zu Hilfe kommen sollte. Sie wählte kurz, aber es meldete sich nur der Anrufbeantworter, auf den sie mit ängstlicher Stimme um sein sofortiges Erscheinen bat. Sie war so aufgeregt, dass sie an einer Teppichbrücke, die vor der Treppe in der pompösen Empfangshalle lag, hängenblieb. Im Fallen rief sie noch: »Gina, Liebes, ich bin gleich bei dir!« Sie strauchelte und schlug mit dem Vorderkopf auf die erste Stufe der Treppe nach oben. Sie rührte sich nicht mehr, blieb liegen und eine breite Wunde an der Stirn ließ das Blut nach außen treten und auf den Marmorboden tropfen.

Was danach geschah, konnte niemand so richtig einordnen. Ob Gina sich noch einmal zu ihr nach unten geschleppt hatte, wußte niemand. Denn Mario – der letzte verflossene Liebhaber Theresas – rief drei Tage später die Polizei. Er kam sofort in Verdacht, den beiden Frauen etwas angetan zu haben, denn beide waren inzwischen tot. Die Kriminalpolizei ermittelte. Theresa lebte nach dem Sturz noch ungefähr drei Stunden. Gina Pitrelli durchlitt eine längere Qual. Der Kommissar und der Pathologe gingen davon aus, dass Gina mindestens die folgenden zwei Tage überlebt hatte und mehrere Stunden vor dem mutmaßlichen Eintreffen Marios verstorben war.

Bei einer Besprechung im Kommissariat erörterte Inspektor Ravenna mit seinen Kollegen den Verlauf der Tat: »Meinen sie, es sind zwei Mordopfer, die der ehemalige Freund von Signora Theresa Gellani getötet hat? Oder sind es zwei Einzelfälle? Die eine ist gestürzt und hat sich dermaßen verletzt oder ist sie vielleicht von diesem Marco gestoßen worden? Und was ist mit Signora Pitrelli? Sie lag bei unserem Eintreffen im oberen Stockwerk in ihren Räumen auf dem Fußboden ihres Schlafzimmers. Das Haus wurde ja von zwei Parteien bewohnt. Für mich sieht es so aus, als wenn die zwei Frauen nur indirekt miteinander zu tun hatten. Kann es sein, dass die eine die andere zu Hilfe rief? Wo ist denn ihr Ehemann? Das muss natürlich alles abgeklärt werden. Auch der Freund von Signora Gellani, dieser Marco Zucci, muss uns ein Alibi vorweisen, das hieb- und stichfest ist. Es muss zeitlich genau abgegrenzt sein zu dem Geschehen vor Ort. Woran ist Frau Pitrelli verstorben. Sie sieht ja schrecklich aus, aber es sind wohl keine Gewaltanwendungen an ihrem Körper zu sehen.« »Ja«, resümierte er, nachdem er alles gehört hatte, »wir müssen unbedingt den Hausarzt der beiden Frauen zu ihrem Gesundheitszustand befragen. Ich sehe schon, da kommt eine Menge Arbeit auf uns zu. Natürlich auch für Sie, denn die Leichen können ja erst freigegeben werden, wenn die Kollegen ihre Arbeit vollständig getan haben. Dann werden wir sicherlich nicht mehr so im Dunkeln tappen.«

Kapitel 12:
# Hatte ich mich rechtzeitig von Caserta entfernt?

Die letzten Stunden vor meiner Abreise nach Sao Paulo waren die reinste Hölle für mich. Immer wieder plagten mich Zweifel – nicht etwa, ob ich alles richtiggemacht hatte mit meiner Gina – sondern eher dahingehend, ob mich das Schicksal doch noch einholen würde. Ich befürchtete, dass ich nicht zur rechten Zeit zum Flughafen käme, um meine Auslandsreise anzutreten. Immer, wenn das Telefon oder mein Handy klingelte, schreckte ich zusammen. War es der Arzt, das Krankenhaus, die Polizei, die mich noch erreichte? Die Angst, doch noch entdeckt zu werden, schnürte mir die Kehle zu. Aber jedes Mal gab es eine Entwarnung, denn viele Leute wollten in allerletzter Minute noch einige Instruktionen, hatten noch Fragen, die ich unbedingt beantworten musste. Ja, ich war inzwischen ein sehr gefragter Wissenschaftler auf meinem Gebiet und mein Rat war hier in Italien, aber auch in ganz Europa, gefordert.

Für die nächsten vier Wochen war ich beruflich und auch privat nicht zu erreichen, dafür würde ich sorgen. Denn für die Zeit nach dem Kongress in Sao Paulo, der vier Tage dauerte, hatte ich bereits Pläne im Vorfeld geschmiedet. Sao Paulo war für mich als Gartenbauingenieur von gravierender Bedeutung mit seinen vielen eindrucksvollen Parkanlagen, die ich natürlich unter die Lupe nehmen wollte. In der City verdient der Parque Dom Pedro II große Beachtung. Auch beachtenswert ist der Parque da République mit dem höchsten Hochhaus Edificio Italia, mit seiner fantastischen Aussichtsterrasse, die den Blick des Besuchers über die ganze Stadt lenkt.

Außerhalb der Stadt liegen dann noch der Parque do Ibirapuera, der Parque da Independencia mit dem Unabhängigkeitsdenkmal, das Museu Paulista, der Parque do Estado, ein wunderbarer Orchideengarten, das Museu de Arte und das Museu de Arte Moderna sowie das Institutio Butantan – eine Schlangenfarm mit Museum. Ich hatte mir so viel vorgenommen, doch schon heute wusste ich, dass ich sicher nur einige, wirklich wichtige Anlagen schaffte. Ich musste mich dahingehend auf die Fachleute im Lande und beim Kongress stützen.

Und dann wollte ich ja noch Land und Leute kennenlernen. In jedem Falle sollte es anschließend in den tropischen Regenwald Brasiliens gehen. Wenn dann vielleicht noch etwas Zeit war, würde ich versuchen, noch einen Abstecher nach Belém und Manaus, dem wichtigsten Umschlagplatz im Amazonasgebiet, zu machen. Auch die Iguaçu-Wasserfälle am Dreiländereck Argentinien-Paraguay-Brasilien durften auf dieser Reise auf keinen Fall fehlen. Von dort aus wollte ich versuchen, den Heimflug umzubuchen und von Rio de Janeiro nach Frankfurt am Main fliegen. Ich wollte meine Großmutter in Deutschland besuchen.

Sicherlich würde es viel leichter sein, von dort aus ganz unverfänglich Informationen bezüglich Ginas Gesundheitszustand oder etwas von ihrem Ableben zu erfahren. In diesem Falle musste ich sogar meine verhasste »Schwiegermutter« Theresa anrufen, um etwas zu hören. Alles war von mir genau durchdacht, denn ich hatte keine festen Adressen in Brasilien angegeben. Mein Arbeitgeber war, wenn ich es wollte, jederzeit für mich per E-Mail oder Handy erreichbar. Ich musste ja auch meinen Bericht mit all den neuen Erfahrungen nach Abschluss des Kongresses an meine Dienststelle senden. Notfalls konnte man mich per Handy sprechen. Aber ich wusste schon, wie ich es anstellen würde, dass man mich auf gar keinen Fall telefonisch oder per E-Mail erwischte. Nach dem dienstlichen Kongress war ich nur noch Rucksacktourist. Die ganze Reise war ja auf knappe vier Wochen ausgelegt, das war meinem Arbeitgeber und natürlich auch meiner Familie bekannt.

Jetzt saß ich im Flugzeug, es hob vom Boden ab und ich flog zuerst nach Zürich. Dann ging es im Direktflug nach Sao Paulo, vierzehn bis sechzehn Stunden Flugzeit, je nach Wetterlage. Der Reiseführer über Brasilien lag auf meinem Schoß, und ich stimmte mich ganz in Ruhe auf meine zukünftigen Reisegebiete ein. Brasilien liegt am Atlantischen Ozean und grenzt nach dem Innern des Südamerikanischen Subkontinents hin an alle Länder Südamerikas, ausgenommen Ecuador und Chile. Das Reiseziel Brasilien besteht für die meisten Touristen nur aus der Stadt Rio de Janeiro und einigen Orten, die von dort aus mit Ausflügen zu erreichen sind. Bekanntlich fliegen die meisten nach Rio zum Karneval und zur Copacabana.

Rio wollte ich jedoch nur für einen oder zwei Tage als kurzen Abschluss meiner Reiseroute einplanen. Mein erstes Ziel war der Kongress in Sao Paulo, das achtzig Kilometer von der Küste entfernt, siebenhundertfünfzig Meter hoch gelegen und als die schnellst wachsende Stadt der Erde bekannt ist. Ein Völkergemisch, das aus Weißen (hauptsächlich portugiesischer, spanischer, italienischer, deutscher und russischer Abstammung), Mulatten, Dunkelhäutigen, Indios und Asiaten besteht. Landessprache ist Portugiesisch, das jedoch im Gegensatz zu der in Portugal gesprochenen Sprache manche Besonderheiten aufweist.

Nachdem ich müde vom Lesen war, lehnte ich mich in meinen Flugsessel zurück, schloss die Augen und war nach kurzer Zeit fest eingeschlafen, sodass ich zutiefst erschrak, als die Stewardess mich ansprach: »Was möchten Sie trinken?« »Natürlich Kaffee, ohne Milch und ohne Zucker«, antwortete ich, denn ich wollte die Müdigkeit noch ein bisschen aufschieben, damit mein Jetlag nach der Landung in Sao Paulo nicht allzu stressig für mich ausfiel. Meine Ängste waren im Moment von mir abgefallen, denn für die nächsten Stunden musste ich mich ja noch auf meinen Vortrag und auf die Arbeiten der anderen Mitstreiter konzentrieren. Meinen Laptop hatte ich mit allen wichtigen Unterlagen und diversem Bildmaterial gefüttert. Da war ich für die nächste Zeit abgelenkt und beschäftigt. Meine Präsentation musste sich von all meinen Kollegen abheben. José Ouro, ein mir durch meine Arbeit bekannter Gartenbauingenieur und Architekt, bei dem ich mich für vier Nächte in Sao Paulo aufhalten würde, wollte mich vom Flughafen abholen. Er hatte mir sein Passbild und seine Beschreibung schon gemailt. Ich durfte sein Gast sein, denn Gastfreundschaft wurde bei ihm großgeschrieben, wie er betont hatte. Offiziell hatte ich das Kongresshotel, das Cóco e Dendé, als Quartier in meinem Fachgebiet angegeben.

Die nächsten Stunden und Tage hätte ich kaum Zeit, an die Folgen für Gina, ihre Schmerzen und ihr Ende, zu denken. Das, was mir jetzt bevorstand, brachte mich ein Stück auf der Erfolgsleiter weiter, denn meine engagierte Arbeit war im Moment das Wichtigste. Ich durfte mich jetzt nicht ablenken und hängenlassen. Alles hatte ich bis jetzt richtiggemacht. Ich liebte meine Gina so sehr, dass ich sie nur für mich in meinem Herzen bewahren wollte. Niemand würde sie je bekommen. Ich hämmerte mir immer wieder ein: »Einzig und allein ist es mein Erfolg und das auf der ganzen Linie, privat und beruflich.« Theresa hatte ich ausgetrickst.

Auch die Kriminalpolizei könnte nur feststellen, dass Gina vergiftet wurde. Wie und wo es zu dieser tödlichen Dosis gekommen war, bliebe mein Geheimnis. Bei Nachforschungen würden sie – so war es geplant – etwas finden, in unserem Gartenhäuschen. Sie könnten Gina nicht mehr fragen, wann und wie oft sie mit dem Pflanzenschutzmittel, das ich ihr gegenüber als Unkrautvertilger deklariert hatte, in unserem Garten hantiert hatte. Erst recht nicht, ob sie bei der Arbeit Schutzhandschuhe oder inhalative Schutzmaßnahmen getroffen hatte. Es konnte sich nur als Unfall mit tödlichem Ausgang darstellen, denn die Gefahrstoffkennzeichnung mit dem gelben Totenkopf hatte ich ja wohlweislich – natürlich mit Gummihandschuhen – entfernt.

# Kapitel 13:
# Marco Zucci unter Verdacht

Ohne es zu wissen, hatte Clemens Horn das Glück, dass noch zwei zusätzliche Ereignisse im Verlauf seines vorbereiteten Handelns eingetreten waren. Marco Zucci, der ehemalige Liebhaber, der sich unfreiwillig verdächtig für die ermittelnden Beamten machte, und Theresas unvorhergesehener Tod, der auch aufzuklären war. Signore Zucci wurde ins Kriminalpräsidium bestellt, um lückenlos sein Alibi für die Zeit vom angeblichen Betreten des Hauses der Theresa Gellani bis zur Meldung bei der Polizei zu belegen.

»Sie wissen doch schon, dass ich Theresas ehemaliger Freund bin, natürlich hatte ich noch einen Hausschlüssel, wir sind ja auch nicht im Bösen auseinandergegangen. Sie hatte gemerkt, dass ich jüngere Frauen bevorzuge, deshalb trennten wir uns im Guten und ich ließ sie im Glauben, dass ich zu jung und zu unerfahren für sie war. Aber ab und zu war ich schon noch bei ihr. Sie war ja auch immer sehr großzügig, bezahlte mich gut und ich genoss schon hin und wieder alle Freuden mit ihr«, erklärte Zucci dem Inspektor.

»Ach, die Dame hat sie bezahlt? Ich denke, sie waren Ihr Freund«, meinte Inspektor Ravenna. »Ja, auch Freundschaft hat ihren Preis, von nichts kommt nichts, das wissen Sie genauso gut wie ich! Aber ich bin ehrlich, auf keinen Fall möchte ich, dass Sie irgendeinen Verdacht gegen mich hegen. Es hat mich total fertiggemacht, als ich die zwei Toten im Haus entdeckte.

Das heißt, zuerst sah ich Theresa im Entrée an der Treppe nach oben. Aber warum wollte sie mitten in der Nacht oder sehr früh am Morgen in die obere Etage? Vielleicht hatte sie einen Einbrecher gehört? Entsetzt habe ich dann die Leiche von Gina Pitrelli auf dem Fußboden im Schlafzimmer entdeckt. Vielleicht hat der Einbrecher ihr etwas angetan? Das müssen Sie herausfinden. Ich war so in Panik, dass ich wie ein Irrer im Garten hin und her gelaufen bin, dann habe ich Haus und Garten verlassen und bin nur noch gelaufen! Angst hatte ich natürlich auch, dass man mir etwas anhängen will. Bei Adriano an der Ecke bin ich zur Besinnung gekommen und habe Sie angerufen«, erzählte Zucci weiter.

»Wie lange waren Sie vom Verlassen des Hauses bis zu Ihrem Anruf bei uns allein oder bei diesem Adriano«, fragte Ravenna. Zucci entgegnete: »So ganz genau kann ich Ihnen das gar nicht sagen. Ich war um zehn Uhr im Haus, im Garten habe ich mich bestimmt auch noch einmal eine halbe Stunde aufgehalten, dann bin ich wie von Furien gehetzt gelaufen, die Straßen rauf und runter und habe dann bei Adriano Halt gemacht. Auf die Uhr habe ich nicht gesehen, als ich Sie anrief. Ich schätze mal, es war nach zwei Uhr nachmittags, denn es war schon sehr heiß. Der Wirt kann Ihnen sicher ganz genau sagen, wann ich bei ihm eingetroffen bin und wie lange es gedauert hat, bis ich durch zwei starke Espressi soweit wiederhergestellt war, dass ich mit Ihnen telefonieren konnte.

Noch heute läuft mir ein Schauer nach dem anderen den Rücken hinunter, wenn ich an die beiden Frauen denke. Ich kann nicht mehr schlafen, denn ich traue mich nicht, die Augen zu schließen, so scheußlich sind die Bilder.« Er lehnte sich steif nach vorn und hielt sich an dem vor ihm stehenden Schreibtisch fest, so als würde er den Halt bei seinen Ausführungen verlieren. »Mir ist jetzt noch schlecht, so etwas sieht man ja nicht alle Tage, geschweige denn, wenn es sich um gute Bekannte handelt. Die können doch nur einem Verbrechen zum Opfer gefallen sein.

Ich habe jedenfalls eine reine Weste. Das will ich Ihnen gleich sagen! Wahrscheinlich verdächtigen sie mich, aber da haben sie sich geirrt, ich habe keinen Dreck am Stecken. Ich bin weggelaufen, denn auf keinen Fall wollte ich, dass mein Verhältnis zu Theresa Gellani hier im Ort breitgetreten wird. Das können sie doch sicher verstehen … oder? Sie müssen mir das glauben! Egal, was da passiert ist, ich war es nicht, ich bin in jedem Fall später gekommen! Wenn ich früher aufgetaucht wäre, dann wäre diese tragische Geschichte sicherlich nicht passiert. Aber …, leider bin ich nun in diese Angelegenheit hineingeschliddert, ohne irgendeine Schuld zu haben, ich kann meine Unschuld nur immer wieder beteuern. Sie glauben mir nicht, das sehe ich schon an ihren Gesichtern«, stieß er genervt und angespannt hervor.

Der Kommissar und die Sekretärin äußerten sich nicht zu Marco Zuccis Bericht. Ravenna sagte nur: »All ihre Ausführungen haben wir schriftlich aufgenommen. Die müssten sie hier unterschreiben. Im Moment bin ich nur ein Ermittler, der ihre Angaben, das heißt ihre Aussagen, den entsprechenden Beamten zuteilen wird. Alles, was sie gesagt haben, wird von uns überprüft, und es wäre gut für Sie, wenn wir den von Ihnen genannten Zeugen, also den Wirt, zu einer Aussage bewegen könnten. Vielleicht fällt ihnen noch das eine oder andere Detail ein, das Sie uns noch nicht genannt haben. Sie stehen natürlich nach wie vor zu unserer Verfügung. Der Verdacht gegen Sie muss erst einmal entkräftet werden! Außerdem, das können Sie sich ja vorstellen, wird Ihr Privatleben bis in alle Einzelheiten auseinandergenommen, so lange, bis wir sicher sind, dass Sie mit dieser Sache nichts zu tun haben.«

Zucci wurde mehrfach ins Kommissariat einbestellt, denn es ergaben sich Widersprüche. Er war verwirrt bezüglich seiner Zeitangaben. Einmal sagte er: »Ich habe ihnen doch mehrfach gesagt, dass ich um halb zehn im Haus von Theresa Gellani gewesen bin und die beiden toten Frauen entdeckt habe. Danach bin ich sofort weggelaufen, denn das Grauen saß mir im Nacken. Ich konnte keinen klaren Gedanken mehr fassen.« Auf die Fragen des Inspektors antwortete er genervt: »Ja, Sie haben recht. Das Gefühl, nur von diesem Ort wegzukommen, hat mich übermannt. Dass ich zuerst auf der Bank im Garten saß, das hatte ich ganz vergessen, aber das kann mir ja nur helfen, denn die Nachbarin Signora Pistilli hat mich doch ganz sicher gesehen, als ich im Garten auf der Bank war. Ein Mörder oder ein Dieb setzt sich doch nicht eine halbe Stunde in den Park und heult jämmerlich. Der haut doch so schnell wie möglich ab, um seine Spuren zu verwischen! Ich hatte weder Diebesgut noch irgendwelche Taschen oder Rucksäcke bei mir. Ich war ganz einfach kopflos, was sollte ich tun? Nur weg, dachte ich, aber dann, um mich etwas zu beruhigen, habe ich eine Zigarette geraucht. Jetzt fällt es mir wieder ein. Ich denke, mein Zigarettenstummel wird sich bestimmt noch dort finden lassen. Ich rauche ›Stella‹, und es hat bis jetzt nicht geregnet.«

Natürlich wusste der Inspektor, dass sich Zucci in einem außergewöhnlichen Zustand befand. Er musste ihn in die Enge treiben. Vielleicht verstrickte er sich noch in weitere Ungereimtheiten, dann könnte er den jungen Mann daran festnageln. Als Motiv kam bei Zucci in erster Linie wohl Habgier infrage, denn er lebte ja auf großem Fuße. Allein der Bugatti, den er fuhr, war mindestens 150.000 Euro wert. Der Inspektor wollte auf jeden Fall eine Wohnungsdurchsuchung erzwingen. Wie konnte er erreichen, dass der zuständige Amtsrichter ihm den Durchsuchungsbeschluss zur Vollstreckung übergab? Mehrfach musste er Zucci aus dem Verhör entlassen, ohne Ergebnis. Es reichte aus, einen handfesten Grund zu ermitteln, um in seine teure Wohnung zu kommen.

Die Befragung des Wirtes Adriano vom kleinen Café Bonelli an der Ecke ergab zufällig, dass Zucci nicht nur einmal einen Espresso bei ihm getrunken hatte, sondern am gleichen Tag drei

Stunden später noch einmal bei ihm war. Auch da wirkte er wieder ziemlich aufgelöst und unruhig, denn er hatte in kurzer Zeit – circa eine halbe Stunde – mindestens zehn Zigaretten geraucht, die er nur anmachte und dann nervös wieder ausdrückte. Er traf sich dort mit Enrico. Zucci hatte eine schwarze Ledertasche bei sich und nestelte unruhig mit seiner Sonnenbrille herum. Sie gingen beide zum Rauchen nach draußen auf die Terrasse. Der Wirt konnte nicht sehen, was er Enrico zeigte, der danach sofort verschwand. Zucci bezahlte die gemeinsame Zeche.

Als der Verdächtige auf Nachfrage des Inspektors wieder keine schlüssige Erklärung dafür abgeben konnte oder wollte, gab es endlich einen Grund – wenn auch nur von der Polizei vermutet – zur Durchsuchung von Zuccis Wohnung. Denn er bestritt vehement, dass er je so eine Tasche, wie der Wirt sie beschrieben hatte, besessen hätte. Aber irgendwo musste er sie ja versteckt haben. Inspektor Ravenna würde ihm schon auf die Schliche kommen.

Zucci war für die Beamten im Moment zwar wichtig, aber viel wichtiger war ihnen Clemens Horn, der Ehemann von Gina Pitrelli. Auch er kam in Verdacht, etwas mit den beiden Morden zu tun zu haben. Bis jetzt, obwohl die italienischen Behörden fieberhaft nach dem Verbleib von Horn gefahndet haben, hatte sich kein Hinweis ergeben, wo er sich nach seinem Vortrag in Sao Paulo oder in Brasilien befand. Er war wie vom Erdboden verschwunden. Irgendwann musste es doch Hinweise geben, spätestens dann, wenn er seinen Dienst in Caserta wieder aufnahm.

Oder war auch er ein Mordopfer? Sollte etwa die Mafia ihre Hände im Spiel haben? Fragen über Fragen, die plötzlich auftauchten. Wenn der Ehemann für mehrere Wochen verreist war, konnte es auch möglich sein, dass die jüngere von beiden Frauen einen Liebhaber hatte, der vielleicht panisch reagierte, als er meinte, von Theresa Gellani erwischt worden zu sein. Gründe, seine Geliebte zu töten, gab es sicher genug, oder …? Das Puzzle dieses komplizierten Sachverhalts musste entschlüsselt werden. Es gab also reichlich Kopfzerbrechen für Inspektor Ravenna und seine Mitarbeiter. Für das Kriminalteam hieß es »ran an die Arbeit«. »Wir müssen unbedingt alle Kontaktdaten zusammentragen, um Clemens Horn so schnell wie möglich zu befragen«, sagte Ravenna. Aber vergeblich versuchten sie, ihn zu erreichen, dafür hatte er im Vorfeld schon gesorgt.

# Kapitel 14:
# Clemens Horn:
# meine Rückkehr nach Deutschland

Nach knapp vier Wochen saß ich wieder im Flugzeug in Richtung Heimat. Den Rückflug hatte ich umgebucht und landete in Frankfurt am Main, denn ich wollte Zeit gewinnen und zu meiner Familie, vor allem zu meiner Großmutter Anne. Von dort könnte ich Nachforschungen anstellen. Der Polizei würde ich schon weismachen, dass Gina von meinem Besuch in Deutschland wusste. Ich wollte sagen, dass alles mit ihr abgesprochen war und dass ich mich natürlich gewundert hatte, als sie nicht ans Telefon oder an ihr Handy ging. Zudem würde ich bemerken, dass ich vermutet hatte, sie sei mit Theresa nach Perugia in ihre alte Heimat gefahren. Die Nennmutter besaß dort einige Häuser, die sie verwalten musste, und da gab es immer etwas zu besprechen und zu tun. Ich war sicher, meine Ausführungen glaubwürdig vermitteln zu können. Als Erstes würde ich nach Ankunft bei meinen Eltern zu Hause bei meiner Frau anrufen, das versuchte Telefonat würde sicherlich aufgezeichnet werden. Erst dann wollte ich, vielleicht einen Tag später, Theresa kontaktieren.

In Brasilien war die Zeit wie im Fluge vergangen, und ich hatte eine Menge neuer Eindrücke zu verarbeiten. Und dann musste ich mich um meine weitere Urlaubsplanung kümmern. Der größte Teil Brasiliens ist verkehrsmäßig schlecht erschlossen. Die Entfernungen in Brasilien sind groß, wobei die Umgebung von Rio de Janeiro und Sao Paulo zum Teil durch Straßen und Eisenbahnen zugänglich ist. Aber für mich – wie auch für die meisten Touristen – spielt das Flugzeug die wichtigste Rolle. Das Flugnetz ist sehr dicht. Diese Reisewege nutzte ich intensiv, denn ich wollte die Zeit so gut wie möglich ausschöpfen und viele Urlaubserlebnisse mitnehmen. Denn in erster Linie lag mir daran, mich abzulenken, damit ich nicht an zu Hause denken musste.

Nach dem Kongress, den ich auf meinem Laptop nach und nach mit mehreren Artikeln bearbeiten konnte, flog ich nach Belém, das nur einhundertvierzig Kilometer vom Atlantik entfernt und die wichtigste Hafenstadt im unteren Amazonasgebiet ist – auch eine Stadt, die von den Portugiesen gegründet wurde. Das Stadtbild ist heute vorwiegend modern. Ich hatte mich informiert, dass ich in jedem Falle den Markt am Hafen Ver-o-Peso und das Museu Emilio Goeldi in der Neustadt besichtigen musste. In Belém blieb ich zwei Tage, mehr Zeit wollte ich nicht investieren. Von dort aus nahm ich ein Schiff nach Manaus, dem wichtigsten Umschlagplatz im Amazonasgebiet. Diese Stadt erlebte ihre Blüte um 1900. Damals entstanden luxuriöse Wohnviertel und großartige öffentliche Bauten, denn Manaus wurde durch den sogenannten Gummiboom reich. Das Kautschukgeschäft in aller Welt brachte viel Geld ein, sodass ein grandioses Opernhaus gebaut wurde, zu dessen Einweihung sogar Caruso sang.

Ich war sehr überrascht, weit ab von den italienischen Schätzen ein so beeindruckendes, im neoklassizistischen Stil erbautes Opernhaus vorzufinden. Das Innere des Gebäudes wurde im neobarocken Baustil erbaut. Für mich war es ein Muss, dort eine Vorstellung zu besuchen. Man führte die Oper Carmen auf und ich bedauerte es in diesen Momenten, dass ich ohne meine Gina dieses einmalig inszenierte Werk von George Bizet erlebte. Diese

Darbietung wühlte mich auf, denn Carmen nimmt es mit der Treue nicht so ernst, und wieder beschlich mich der Gedanke: »Habe ich es richtiggemacht, dass Gina jetzt ganz allein mir gehört?« Da war es wieder, das Gefühl, dem ich nicht ausweichen konnte. Ich hatte meine Frau jetzt für immer bei mir und trotzdem fehlte sie mir. Schwermütig suchte ich Zuflucht in meinem Hotelzimmer. Jetzt mochte ich nicht mehr in eine Bar gehen und mir den Kummer wegspülen. Der Inhalt der Minibar in meinem Hotelzimmer reichte mir. Zum ersten Mal nahm ich eine Schlaftablette, um den Gedanken und Träumen von zu Hause auszuweichen.

Doch schon am nächsten Morgen war ich wieder gedanklich in der Heimat: Was würden meine Eltern sagen, wenn ich so plötzlich bei ihnen zu Hause auftauchte? Ich wollte sie erst kurz vorher informieren, wenn ich in Frankfurt landete. Hatte die Polizei schon meinetwegen bei meinen Verwandten nachgeforscht? Oder waren sie noch verschont geblieben? Sie und auch die Großmutter wussten ja tatsächlich nicht, wo ich in Brasilien war. Würden sie sich Sorgen machen? Ich schalt mich immer wieder wegen meiner dummen Gedanken. Noch früh genug würde ich erfahren, was die Polizei von mir wollte.

Zum Zeitpunkt von Ginas Tod war ich nicht da. Also kam ich für irgendeine Vermutung der Kriminalbeamten nicht infrage. Absichtlich hatte ich ein Tagebuch geführt, das alle meine Stationen dieser Reise beinhaltete. In erster Linie natürlich für mich, um später meine Bilder mit den entsprechenden Beschreibungen von allen gesehenen und erlebten Orten zusammenzufügen. Sicher reichte dieses Büchlein für meine Legitimation aus.

Als nächste Reisestation entschied ich mich, sobald wie möglich auf einem kleineren Schiff anzuheuern. Wie abenteuerlich eine Flusskreuzfahrt war, bewies mir eine geführte Expedition, der ich mich am übernächsten Tag nach Amazonien anschloss. Ab Manaus erkundete die »Amazon Clipper«, ein kleines Schiff, den tropischen Urwald, die grüne Schatzkammer der Erde. Vorher fuhr ich mit dem Jeep noch an weiten Abholzgebieten des Regenwalds vorbei. Was für eine verheerende Verstümmelung, dieses einmalige Paradies zu zerstören. Nicht auszudenken, welche Folgen diese brutalen Eingriffe für das Land Brasilien, für Menschen und Tiere haben. Ich war erschüttert. An Bord der »Amazon Clipper« wurden wir in kleine Beiboote gesetzt und drangen mit diesen tief in die Seitenarme des Amazonas und in die üppige Vegetation des tropischen Regenwalds vor. Auf dieser Tour hielten wir Ausschau nach Flussdelfinen, Faultieren und possierlichen Brüllaffen, Aras, Paradiesvögeln und Kolibris. Alle Vögel tragen oft ein auffällig buntes Gefieder.

Einige Reptilien erreichen eine beachtliche Größe. Da gibt es mehrere Krokodilarten. Etwas kleinere Reptilien treten aus der Gruppe der Schildkröten und der Chamäleons auf. Das war alles ganz nett für mich, aber in erster Linie fesselte mich als Gartenbauexperte die Flora. Denn hier fühlte ich mich wieder durch meinen Beruf gefangen. Welchen Reichtum die Natur als Bauherr im tropischen Regenwald erschafft, berauschte mich.

Denn dort wachsen die Pflanzen sowohl eng beieinander als auch in einer vertikalen Staffelung, die als Stratifikation oder Stockwerkbau bezeichnet wird. Häufig werden vier bis sechs verschiedene Etagen beschrieben, die jedoch nicht immer voneinander getrennt werden können, sondern ineinander übergehen. Wobei die Ausprägung der verschiedenen Stockwerke auch vom Standort des Walds abhängt. Das alles zog mich in seinen Bann, ich war in meinem Element. Es machte mir Spaß, die verschiedenen Schichten zu erkunden, wie Bodenschicht, Krautschicht, Strauchschicht, die Schicht der niedrigen Bäume, die Kronenschicht mit ihrem Hauptkronendach auf etwa vierzig Meter Höhe und die als Baumriesen bekannte Schicht, die mit rund sechzig Meter Höhe über das Hauptkronendach hinausragt.

Wie viele brauchbare Bilder ich machte, würde ich erst zu Hause erfahren, wenn ich sie in Ruhe aussortieren konnte. Überwältigend waren die Eindrücke dieser grünen Hölle. Auch die Kletterpflanzen, Lianen, Farne, Bromelien und Orchideen bestaunte ich. Auf einem Trägerbaum kommen bis zu achtzig verschiedene Aufsitzerarten vor.

Aber nicht nur ich hatte die Kamera immer schussbereit, auch die anderen Mitreisenden konnten sich kaum der Fülle der Eindrücke erwehren. Wir erfuhren auch von Eingeborenen, die ohne fremde Hilfe, meist als Nomaden, im Regenwald leben. Diese Menschen werden immer weiter durch legale und illegale Holzgewinnung aus ihrem Lebensraum vertrieben. Erleichtert hörte ich von den Schutzgebieten im Regenwald, die stark in ihrer Größe variieren. Große Schutzgebiete oder Parks wie in Amazonien sind wahrscheinlich die einzige Möglichkeit, komplette Ökosysteme zu erhalten, damit die Artenvielfalt gewahrt bleibt.

Nach den Besichtigungen an Land und zu Wasser blieb genug Zeit, mich mit den Erkenntnissen der Wissenschaftler auseinanderzusetzen. Abends saß ich an meinem Laptop und ging den Erklärungen des Reiseleiters nach. Am meisten interessierte mich ein Online-Artikel über bisher nicht kontaktierte Völker in Brasilien. Ja, Naturschutzbiologie – das war auch ein Beruf und ein Thema, das mir zusagte. Ich konnte mir auch vorstellen, in diesem Bereich zu arbeiten. Allerdings machte mir das ständig feuchtheiße Klima zu schaffen, mir fehlte einfach eine kühle Brise vom Meer.

Auch im Amazonasgebiet verflog die Zeit. Mein nächstes Ziel sollten die Iguaçu-Wasserfälle sein. Diese Tour stand ebenfalls fest für mich. Zurück in Manaus buchte ich mir für den nächsten Tag einen Flug über Sao Paulo nach Iguaçu, der mich zum eindrucksvollsten Naturerlebnis führen sollte, dass im Dreiländereck Argentinien, Paraguay und Brasilien liegt und aus mehreren mächtigen Bereichen besteht.

Dieses Naturschauspiel ist kaum zu beschreiben, jeder Mensch sollte es erleben. Wassermengen von unheimlicher Wucht und Stärke, die die Ohren und Augen umtosen. Das Donnern ging mir nicht mehr aus dem Kopf. Die Gischt, die Sonne, die Wärme und das Getöse prägten sich mir in exotischen Farben und Lauten ein. Einfache Worte sind zu banal, um dieses Wunder der Natur ansatzweise zu beschreiben.

Ich war fasziniert, fast hypnotisiert. Kaum konnte ich fassen, dass einige Menschen versuchen, diesen Wasserfall zu bezwingen. An den amerikanisch-kanadischen Niagara-Fällen hatten es tatsächlich einige wenige geschafft, zu überleben. An den Iguaçu-Wasserfällen war es meines Erachtens nicht möglich. Mit meiner Kamera fing ich dieses grandiose Naturschauspiel ein, um es für immer bei mir zu haben.

An diesem Ort verlor ich mein Handy, so würde ich bei der Kripo argumentieren. In Sao Paulo hatte ich mir dann selbstverständlich ein Neues gekauft. Die SIM-Karte hatte ich aus dem alten Mobiltelefon entnommen, um sie später, wenn ich wieder in Italien war, in das neue Handy zu übertragen. Mit Hinweis auf den Verlust konnte ich der Polizei beweisen, dass ich nicht erreichbar war.

Ich war in einem kleinen Hotel abgestiegen und kostete am Abend brasilianische Spezialitäten. Ich probierte die Completa, eine Mahlzeit aus gedämpften Schwarzbohnen und reichlich Fleisch, nicht gerade leicht verdaulich. Ausgezeichnet bekamen mir dagegen die Empadinhas de Camarao Krabben, Oliven und Palmenmark. Der Zuckerrohrschnaps Cachaca half bei der Verdauung. Auch die brasilianischen Biere ließ ich mir schmecken; sie werden vielfach noch heute von bayerischen Experten ihres Fachs gebraut. So versuchte ich, mich auch durch Essen und Trinken abzulenken. Danach konnte ich wenigstens gut schlafen und meine Gedanken, die mich auch hier nicht losließen, waren für einige Zeit nicht bei Gina.

Nach meiner Rückkehr in Deutschland blieben mir hoffentlich noch zwei bis drei Urlaubstage. Um Zeit zu sparen, erkundete ich im Schnelldurchlauf von zwei Tagen die Wahnsinnsstadt Rio de Janeiro. Ich kam mir vor wie ein japanischer Tourist. Mehr Zeit hatte ich nicht. Also nahm ich mir ein kleines Zimmer im Zentrum der Stadt, um nah am Geschehen zu sein. Die lange Prachtstraße Avenida Rio Branco lockt Touristen zum Geldverschwenden. Hier ist die ganze Geschäftswelt am Platz. Jeder wirbt und umwirbt die potenziellen Kunden. Die Stadt liegt an der inselübersäten Guanabara Bucht auf und zwischen zwei Hügeln, von denen der siebenhundertzehn Meter hohe und von einer Christusstatue (mit Sockel achtunddreißig Meter) gekrönte Corcovado steht. Gefolgt vom dreihundertsechsundneunzig Meter hohen Zuckerhut.

Rasch verließ ich das Ameisengewirr der Stadt, um dem Gewimmel zu entgehen. Die beiden Hügel musste ich mir so schnell wie möglich ansehen. Und dann blieb mir noch Zeit, die herrlichen Strände zu erkunden – Copacabana, Arpoador, Ipanema –

und der Stadtteil Leblon mit seinem botanischen Garten. In Rio fand ich Balsam für meine Seele; diese quirlige Metropole würde ich bestimmt bald noch einmal besuchen – wenn auch sicher nicht zum Karneval!

Der Rückflug von Rio verspätete sich und so gewann ich Zeit, meine Eltern in Frankfurt am Main schon jetzt über mein baldiges Erscheinen zu informieren. Mein Vater freute sich sehr, als ich mich meldete. Er verhielt sich wie immer, und es deutete nichts daraufhin, dass sich die italienische Polizei schon bei ihm gemeldet hatte. Ich beruhigte mich etwas und konnte im Flieger sogar ein wenig schlafen.

Kapitel 15:
# Kommissar Ravenna ist mir auf der Spur

Die Freude war groß, als mich mein Vater am Flughafen in Empfang nahm. Nach dem langen Flug, der fast ohne Turbulenzen verlaufen war, nahm ich dankend an, dass er mich abholte. So musste ich nicht die Fahrt im Vorstadtzug zu meinen Eltern auf mich nehmen. Mein Vater strahlte über das ganze Gesicht und begrüßte mich mit den Worten: »Junge, ein Glück, dass wir uns nach so langer Zeit endlich mal wieder treffen. Es ist ja fantastisch, dass du uns nach deinen vielen Aktivitäten als Erstes besuchst. Weiß denn Gina von deinem Abstecher? Großmutter freut sich besonders auf dich, denn du wirst – wie immer – bei ihr unterkommen. Wie lange kannst du denn bleiben?«

Vater war ganz aus dem Häuschen. Ich antwortete: »Es ist alles geregelt. Ich habe noch drei Tage Urlaub und dann muss ich natürlich wieder an die Arbeit. Aber ich freue mich genauso wie ihr, denn wir haben uns ja eine Ewigkeit nicht gesehen, sondern immer nur telefoniert, und ich habe wirklich viel Schönes, Interessantes und leider auch viel Armut in Südamerika erlebt. Ich kann euch sehr viel über meine Erlebnisse berichten. Vielleicht kannst du mir sogar helfen, meine Bilder auf CD zu spielen. Vorher muss ich sie entsprechend bearbeiten und aussortieren. Ich habe fotografiert wie ein Weltmeister. Anhand der Bilder könnt ihr nachempfinden, wie ich die Zeit in den verschiedenen Regionen dieses riesengroßen Landes verbracht habe.«

Die Frage, ob Gina von meinem Abstecher wusste, überging

ich und Vater fiel es überhaupt nicht auf, weil er mich nur immer wieder anstarrte. Er war ganz begeistert und staunte: »Du siehst fantastisch aus, die Strapazen des Flugs und auch deine anstrengenden Ausflüge in so kurzer Zeit sieht man dir nicht an.« Er schüttelte sein weißes Haupt und sagte resignierend: »Das ist eben deine Jugend, da kann ich als älterer Mensch nur staunen, wie du das alles wegsteckst. Vor allem die weiten Entfernungen! Wie oft bist du denn geflogen? Da kommen doch sicher Tausende Flugmeilen zusammen. Mutter wird dich natürlich als Erstes fragen, ob du genügend zu essen bekommen hast und ob dir das einheimische Essen geschmeckt hat. Du kennst sie ja. Na, sie wird dich entsprechend verwöhnen. Dein hessisches Lieblingsgericht gibt es schon heute, gekochtes Rindfleisch mit grüner Sauce.«

Er hatte also nicht bemerkt, dass ich etliche Pfunde verloren hatte. Wahrscheinlich war es die braune Haut, die mir ein jugendliches Aussehen verschaffte. Die verdeckte sicherlich so manches, denn meine Gedanken zerfraßen mich innerlich und ich konnte kaum noch auf den Beinen stehen, denn immer wieder zuckten Bruchstücke meines Handelns in Caserta durch mein Hirn. Es war mir nicht möglich, diese Gedankenfetzen aus meinem Kopf zu bekommen. Denn ich wusste nur zu gut, was auf mich zukommen würde. Ganz vorsichtig fragte ich meinen Vater beiläufig: »Hat Gina sich denn mal bei euch gemeldet?« Da Vater aber nicht sofort darauf antwortete, nahm ich an, dass es kein Telefonat in dieser Richtung gegeben hatte. Für Gina war es aufgrund der für sie fremden Sprache immer etwas schwierig mit meinen Verwandten in Deutschland zu reden. Meistens hatte ich angerufen, um von uns in Italien zu berichten.

Obwohl mich bedrückende Gedanken heimsuchten, genoss ich den Abend mit der Familie. Großmutter freute sich vielleicht noch mehr als die Eltern. Ich war doch »ihr Junge« und sie drückte mich genauso wie immer an ihren Busen, den ich als warm und anheimelnd empfand. Hier fühlte ich mich – wie als kleiner Junge – geborgen und die angestaute Nervosität fiel an diesem Abend ein klein wenig von mir ab. Dazu gehörte natürlich ein guter Wein, den Vater zur Feier des Tages aus dem Keller holte.

Am nächsten Tag war mir noch ein fantastisches Frühstück bei meiner Großmutter vergönnt. Kurze Zeit später klingelte das Telefon und mein Vater erklärte mir aufgeregt, dass die italienische Kriminalpolizei bei ihnen angerufen hatte: »Ein Kommissar Ravenna hat sich bei uns gemeldet. Er fragte deine Mutter, ob sie wüsste, wo du bist, wo du dich aufhältst. Ich habe ihr dann den Hörer aus der Hand genommen und ihm mitgeteilt, dass du ihn heute Vormittag von uns aus anrufen wirst, und dass du ja gestern erst aus Rio zurückgekommen bist. Warum du ihn zurückrufen sollst, das hat er uns nicht gesagt. Kannst du dir vorstellen, warum die Kripo dich unbedingt sprechen will? Er sagte noch, es ist sehr dringend, du sollst bitte umgehend im Kommissariat anrufen. Ich habe alle Telefonnummern und Anschriften, die er mir durchgesagt hat, notiert. Bitte, komm sofort zu uns, ich hatte das Gefühl dieser Kommissar hat etwas Dringendes auf dem Herzen.«

So, nun galt es Ruhe zu bewahren und alle unangenehmen Gefühle zu unterdrücken. Vielleicht musste ich sogar bei meinen Eltern in Ohnmacht fallen, wenn ich am Telefon die Nachricht vom Ableben meiner Frau erführe. Oder würden sie mich sofort nach Neapel zurückzitieren, ohne mir im Moment den wahren Grund zu nennen. Vielleicht hatte ich noch einen kleinen Aufschub. Sicher wollten sie mit eigenen Augen sehen, wie ich mich bei der Überbringung der Nachricht verhielte. Ich durchlebte jetzt schon ein Chaos der Gefühle. Was würde passieren, wenn mich die Profis in die Zange nähmen? Aber ich würde ihnen keine Gelegenheit geben, an dem zu zweifeln, was ich ihnen erzählte. Schließlich war ich ja für alle auf Reisen. Mir konnte man nichts anhaben, davon war ich felsenfest überzeugt. Ich musste nur stark genug sein, durfte mich nicht irritieren und mich auf keinen Fall bei Fangfragen aus der Ruhe bringen lassen. Ruhig und gefasst, aber trauervoll, musste ich reagieren, um jeglichen Zweifel der Beamten aus der Welt zu schaffen. Wie würde Theresa reagieren? Denn auch sie war ja betroffen. Hatte sie versucht, mich auf meiner Reise zu erreichen? Ich schalt mich schon wieder meiner Gedanken. Das alles würde ich noch früh genug erfahren. Diese alte Hexe, auch da musste ich mehr als vorsichtig sein, keinen Fehler machen und mich genau so verhalten wie bei der Kriminalpolizei.

Als ich den Hörer des elterlichen Telefons in die Hand nahm, zitterten meine Hände leicht. Sie waren kalt und feucht. Der Vater und auch die Mutter, die gespannt neben mir standen, bemerkten es nicht. Auch innerlich vibrierte mein Herz. Hoffentlich kippe ich nicht schon vorher um, damit verriete ich mich ja. Die lange Telefonnummer gab mir einen kleinen Aufschub, trotzdem trat Schweiß auf meine Stirn. Ich wischte so schnell wie möglich mit der flachen Hand darüber. Jetzt hatte ich das Freizeichen. Jeden Moment konnte sich der Kommissar melden. So ruhig wie möglich sprach ich, natürlich in italienischer Sprache, in den Hörer: »Ja, ich verstehe Sie, hier ist Clemens Horn, ich bin in Deutschland bei meinen Eltern, warum soll ich Sie anrufen? Ist es etwas Wichtiges, weshalb Sie mich hier kontaktieren?« Die Antwort war kurz und knapp: »Ja, es ist etwas sehr Wichtiges, das ich auf keinen Fall am Telefon mit ihnen besprechen kann. Bitte, kommen Sie so schnell wie möglich auf direktem Wege nach Neapel. Hier sind einige Ungereimtheiten, die nur Sie uns beantworten können. Es ist für uns von größter Wichtigkeit. Leider sind wir erst zu spät auf ihre deutsche Adresse gestoßen, sonst hätten wir Sie schon viel früher ins Kommissariat bestellt. Ich erwarte Sie spätestens morgen, nehmen Sie sofort einen Flug nach Neapel und kommen Sie schnellstens hierher. Die Anschrift haben Sie?« Er klang unangenehm, trotzdem wagte ich zu fragen: »Ist es eine berufliche oder private Angelegenheit, in der Sie mich unbedingt sprechen wollen?« Seine Stimme klang rau und ziemlich belegt. »Eine private, mehr kann ich ihnen nicht sagen. Alles andere erfahren Sie, wenn Sie sich bei uns einfinden und ausweisen.« Damit beendete er das Gespräch.

Ich stand da und wusste nicht, was ich meinen betroffen dreinblickenden Eltern sagen sollte. Bruchstücke des Gesprächs hatten sie ja mitgehört. Ich tat also ziemlich verwirrt, als ich ihnen mitteilte, dass ich so schnell wie möglich nach Neapel fliegen müsste. Eine dringende private Angelegenheit sollte ich im Kommissariat klären. Ich zeigte Bestürzung, tat natürlich so, als tappte ich völlig im Dunkeln. Jetzt konnte ich nicht mehr umhin, bei Gina anzurufen, das erwarteten meine Eltern. Ich ließ es mindestens zehn Mal klingeln, aber es meldete sich niemand. Die Eltern meinten: »Es wird doch nichts mit Gina zu tun haben, hoffentlich ist bei dir zu Hause nichts passiert.« Ich schüttelte den Kopf und versuchte, eine gewisse Entspannung zu signalisieren: »Vielleicht ist es ein Einbruch und Gina hat sicher noch bei den Versicherungen zu tun.« Vater versuchte mich zu trösten und Mutter war fast genauso aufgeregt wie ich. »Beeil dich, mein Junge, und sag uns so schnell wie möglich, was die von dir wollen. Großmutter benachrichtigen wir. Du kannst sofort starten.«

Meine Reisetasche hatte ich vorsorglich mitgenommen, eigentlich hätte es der Großmutter auffallen müssen. So ein kleiner Fehler durfte mir zukünftig nicht passieren. Der Koffer war noch in Frankfurt im Schließfach. So fuhr mein Vater mich mit sichtbar gemischten Gefühlen zum Flughafen. Fragen über Fragen standen im Raum und uns beiden war nicht wohl in unserer Haut. Das Ticket konnte ich umbuchen und so war ich am späten Nachmittag in Neapel. Heute würde es nichts mehr mit dem Besuch im Kommissariat werden. Jetzt musste ich tatsächlich noch nach Hause oder sollte ich mir ein Hotel nehmen? Ich entschied mich für das Letztere. Mit Theresa würde ich noch früh genug Stress bekommen. Sie sollte warten bis ich mit dem Kommissar gesprochen hätte.

Kapitel 16:
# Gespieltes Entsetzen

Das Hotel in Neapel hatte mir der Taxifahrer empfohlen. Es war in der Nähe des Polizeipräsidiums. Die Nacht, die ich dort verbrachte, war alles andere als schön, obwohl die Terrasse einladend war. Auch das Abendessen war sicher hervorragend, aber ich brachte fast nichts herunter. Mein Hals war wie zugeschnürt, die Angst vor dem Gespräch am nächsten Morgen saß mir im Nacken. So verbrachte ich die Nacht mehr im Stehen und Herumwandern als im Liegen. Außerdem schlug der Jetlag voll zu. Ich konnte mich kaum auf das exzellente Frühstück am Morgen konzentrieren, es kam mir wie eine Henkersmahlzeit vor. Ich versuchte, bevor ich das Hotel verließ, mich wieder an die Kandare zu nehmen, um zu meiner gewohnten Ruhe zurückzukehren. Auf gar keinen Fall durfte ich mir einen Patzer erlauben. Nur so konnte ich die Beamten überzeugen. Als ich eintraf, hatte der Kommissar gerade noch eine andere Befragung. Ich saß auf dem Flur und wurde auf die Folter gespannt. Vielleicht war es auch Absicht der Beamten, mich warten zu lassen. Die Minuten flossen zäh dahin. Endlich öffnete sich die Tür und die Sekretärin entschuldigte sich für meine lange Warterei. Sie kündigte mich bei Kommissar Ravenna an.

Ravenna kam hinter seinem pompösen Schreibtisch hervor, sehr ernst und sehr reserviert. Er begrüßte mich und fragte gleich vorwurfsvoll: »Wo haben Sie nur gesteckt? Wir haben Sie durch Interpol suchen lassen. Warum haben Sie sich nicht zu

Hause bei ihrer Frau gemeldet?« Auf diese Fragen war ich natürlich vorbereitet. Deshalb fragte ich ziemlich verblüfft: »Wieso haben Sie mich suchen lassen? Ich war auf einer Dienstreise in Südamerika, wenn Sie es genau wissen wollen, in Sao Paulo. Gibt es einen Grund, weshalb Sie mich mit Interpol suchen ließen? Meine Dienststelle wusste doch, wo ich zu finden war.« Ich tat ziemlich überrascht. »Natürlich gibt es einen Grund, weshalb Sie hier sind, das können Sie sich doch denken«, war seine schroffe, kalte Antwort. »Wo waren Sie die ganze andere Zeit?« Noch immer rückte er nicht mit dem Grund meines Hierseins heraus. Er ließ mich wie einen Fisch zappeln.

Ich versuchte, nachdem ich zum Sitzen aufgefordert wurde, ruhig zu bleiben. Meine Knie zitterten ein wenig, also rutschte ich auf meinem Stuhl ganz nach hinten – es musste so aussehen, als wenn ich es mir bequem machen würde – und drückte meine Füße stark auf den Boden, um mehr Sicherheit, Bodenhaftung zu gewinnen. Meine Aktentasche mit meinem Laptop stellte ich bewusst langsam an meinen Stuhl. Um noch etwas Zeit zu gewinnen, verstaute ich meinen Fotoapparat in der Innentasche meines Anoraks. Ich sah Inspektor Ravenna bewusst ins Gesicht. Die Tür ging auf und ein anderer Beamter kam zu meiner Befragung hinzu, also reichte die mitschreibende Sekretärin nicht aus. Er wollte noch einen zusätzlichen Zeugen dabeihaben. Dann sagte ich ganz ruhig: »Wenn Sie Fragen haben, dann werde ich so gut wie es mir möglich ist, darauf antworten. Bitte verstehen Sie, dass ich noch hundemüde bin, der Jetlag macht mir noch schwer zu schaffen. Ich bin jedoch ohne Verzögerung sofort zu ihnen geeilt, um endlich zu erfahren, was so eilig für Sie ist, warum Sie mich mit Interpol gesucht haben.«

Es folgte der detaillierte Polizeibericht, durch Kommissar Ravenna, der mir Ginas Tod mitteilte. Ich schrie kurz auf, dann verbarg ich mein Gesicht in den Händen. Als ich dann noch zusätzlich von Theresas Ableben erfuhr, konnte ich nur noch verzweifelter aufschluchzen, als bei Gina. Blankes Entsetzen stand mir im Gesicht geschrieben und ließ mich wie zu einer Salzsäule erstarren. Ich war zu keiner Regung fähig, denn Theresas Tod versetzte mir einen Schlag, den ich nicht erwartet hatte. Jedenfalls im Moment konnte ich nichts mehr richtig zuordnen. So stotterte ich unter Weinen: »Waren Einbrecher am Werk? Konnten sich die beiden Frauen nicht wehren?« Jetzt hatte ich sicher zehn Fragezeichen im Gesicht, so sprachlos war ich tatsächlich.

Dann teilte der Kommissar mir mit, dass ich beide Frauen noch im Leichenschauhaus identifizieren musste, um danach mit meiner Einwilligung eine Obduktion einzuleiten. Auf meine Frage, ob es ein Einbruch gewesen sei, schwieg er. Er wollte mich sicher schmoren lassen, damit ich nicht zu schnell aus seiner Schusslinie verschwand. So sagte er nur, dabei sah er mich durchdringend an: »Wenn Sie jetzt zur Verfügung stehen – Sie dürfen das Land nicht verlassen – müssen Sie uns als nächstes die finanzielle Situation der beiden Frauen, also etwaige Testamente, Vermögensverhältnisse, Grundstücke, Geld, Wertpapiere darlegen, damit wir uns ein Bild machen, wer wen und warum beerbt.

Vorher sollten Sie uns noch beweisen, dass Sie für das Ableben der beiden Frauen nicht verantwortlich sind, da Sie ja angeblich die ganze Zeit im Ausland waren, ausgenommen des Abstechers nach Deutschland, um Ihre Eltern zu besuchen. Das heißt, Sie müssen uns eine lückenlose Darstellung Ihrer Abwesenheit vorlegen, beweisen, dass Sie zur Tatzeit nicht bei ihrer Frau zu Hause waren. Flüge, Unterkünfte, Beschäftigungen müssen chronologisch von ihnen nachgewiesen werden. Der Kongress in Sao Paulo wurde uns schon durch Ihren Arbeitgeber aufgeschlüsselt, auch dass der von ihnen beantragte Urlaub genehmigt wurde, wissen wir.«

Ravenna lehnte sich in seinem Bürosessel zurück. Er teilte mir mit, dass er von meiner Arbeitsstelle erfahren hatte, dass meine Arbeit in Sao Paulo mehr als nur befriedigend, sondern hervorragend war, man könnte sagen, einmalig. Das Institut fasste ins Auge, mich so schnell wie möglich ins Ausland zu entsenden, wahrscheinlich nach Chongqing in China. Das war selbst mir neu. Warum erzählte er mir das? Sollte ich verunsichert werden, wollte er mich unter Druck setzen? Er nestelte unruhig an seinen Papieren herum, dann sagte er: »Sicherlich ist es auch in ihrem Sinne, wenn wir den Doppeltod der Frauen so schnell wie möglich aufklären. Wir hoffen sehr auf ihre diesbezügliche Kooperation, damit die Angelegenheit schnellstens vom Tisch ist.« Ach, das war es, was er mir suggerieren wollte, ich sollte kooperationsbereit sein.

Er stand auf, für mich war es das Zeichen, dass unser Gespräch beendet war. Umständlich – auch wieder um Zeit zu gewinnen – stand ich auf. Für ihn sah ich sicherlich aus wie ein Häufchen Unglück. Ich versuchte, gerade zu stehen. »Was soll ich denn nun tun«, fragte ich leise. Kommissar Ravenna hüstelte: »Schlafen Sie sich zuerst einmal aus. Wir werden dann mit ihnen telefonisch Verbindung aufnehmen. Meine Sekretärin wird ihnen alle anstehenden Termine bekanntgeben.« Er drehte sich um und ließ mich einfach auf dem Flur stehen.

Ich setzte mich auf die nächste Bank. Sicherlich ließ der Kommissar mich beobachten. Also setzte ich mich müde und ausgelaugt – das war ich ja tatsächlich – nahm beide Hände vors Gesicht und weinte jämmerlich. Es ging mir wahnsinnig schlecht in diesem Moment, denn ich fühlte mich elend, fast krank. Nicht genug, dass ich Gina identifizieren musste, sondern nun auch noch Theresa – mit dieser Anordnung war ich total überfordert. Zuerst müsste ich langsam zu mir kommen, um diese Tatsache zu verkraften. Tausend Gedanken schossen mir durch den Kopf. Was war wirklich zu Hause geschehen?

Als ich mich endlich aufraffte zu gehen, bemerkte ich Ravennas Sekretärin, die mich im Flur tatsächlich beobachtet hatte. Mit gebeugten Schultern und hängenden Armen wandte ich mich dem Ausgang zu und als ich die Stufen am Eingangsportal nach unten schritt, konnte ich nicht umhin, dass es um meine Mundwinkel zuckte. Es war ein Anflug eines leichten Grinsens, denn nun musste ich mich mit der verhassten Nennmutter Theresa niemals wieder auseinandersetzen. Wer hatte da nachgeholfen oder war es wirklich nur ein Unfall?

# Kapitel 17:
# Durchsuchungsbefehl für Marco Zucci

Marco Zucci war der Einzige, den man außer Clemens Horn befragen und unter Druck setzen konnte. Ravenna traute ihm ebenfalls zu, mit den zwei toten Frauen etwas zu tun zu haben, denn der junge Mann war verunsichert, angeschlagen. Der Typ hatte zwar immer wieder beteuert, er habe die beiden Frauen nicht ermordet, dass er erst ins Haus gekommen war, als beide schon tot waren. Dass er aber zweimal am Mordtag im selben Café war – der Wirt hatte es den Beamten erzählt – hatte er bei den ersten Vernehmungen im Kommissariat nicht erwähnt. Hatte er das bewusst verschwiegen?

Im Café hatte er sich mit seinem Freund Enrico getroffen. Da sie nach einem Espresso draußen auf der Veranda weiterrauchten, konnte der Wirt nicht genau sehen, was Zucci aus der schwarzen Ledertasche holte, um es Enrico zu zeigen. Von Weitem sah es so aus, wie eine viereckige Schachtel, aber genau konnte der Cafébesitzer das nicht beschreiben. Es dauerte ein paar Minuten bis die beiden sich trennten. Zucci steckte die Schachtel wieder zurück in die schwarze Tasche und kam zurück ins Lokal, um auch Enricos Zeche zu bezahlen. Ravenna vermutete, dass es sich bei diesem Treffen um ein Hehlertreffen handelte, denn Enrico war in der Stadt als Vermittler für alles bekannt. Bis jetzt konnte man ihm noch nichts anhaben, denn er war ein geschickter Gauner. Er kam für alles infrage, nur nicht für Gewalttaten und Mord. Ein Schlitzohr, wie es im Buche steht, mit allen Wassern gewaschen, um etwas zu Geld zu machen.

Was also hatte Zucci ihm angeboten? Es konnte sich doch nur um Schmuck handeln. Und da würde Kommissar Ravenna einhaken. Er freute sich schon darauf, den endlich genehmigten Durchsuchungsbefehl in die Tat umzusetzen. Er wusste, wonach die Kollegen in erster Linie suchen mussten – nach der schwarzen Tasche mit Inhalt. Auch Zuccis Garage und das Auto waren zu durchforsten, denn dieser hatte ja vehement bestritten, dass er eine schwarze Tasche besaß.

Als die Beamten vor Zuccis Tür standen und sich Einlass verschafften, waren sie und der Kommissar erstaunt, als der junge Mann sagte: »Kommen Sie ruhig rein, ich habe nichts zu verbergen, ich möchte nicht, dass Sie hier alles durchwühlen. Ja, ich muss zugeben, Sie hatten recht, es war nicht nur ein normaler Besuch bei Theresa Gellani, sie wusste gar nicht, dass ich komme. Ich bin nicht nur zu einem Besuch gegangen, sondern ich wollte sie um Geld bitten. Ich war öfter in Schwierigkeiten und sie hat mir immer geholfen. So hatte ich auch dieses Mal gehofft, dass sie mich unterstützen würde. Leider ist es nicht dazu gekommen, denn ich konnte sie ja nicht mehr fragen. Es wäre mir dieses Mal nicht leichtgefallen, Theresa um Hilfe zu bitten, denn es war nicht wenig Geld, das ich brauchte.«

Er ging an seinen Schreibtisch und nahm aus einem Geheimfach die gesuchte schwarze Tasche heraus. Dann kam er auf die Beamten zu, die in Habachtstellung zurückwichen, weil sie nicht wussten, was er vorhatte. Er ließ jedoch die Tasche geschlossen und sagte: »Ja, es stimmt auch, dass ich Enrico etwas angeboten habe, bitte schauen Sie hinein, dann werden Sie die Schmuckstücke finden, die mir meine Großmutter vererbt hat. Der Erbschein für diesen Schmuck liegt bei. Sie werden auch einige Schuldscheine aus letzter Zeit finden, diese waren der Grund, warum ich Theresa um Hilfe bitten wollte. Es fällt mir echt nicht leicht, das alles offenzulegen, denn bis jetzt bin ich rein geldmäßig immer wieder mit einem blauen Auge davongekommen. Aber dieses Mal hatte ich beim Spielen eine durchgehende Pechsträhne. Die Gläubiger haben mich unter Druck gesetzt, ich sollte meinen roten Bugatti verkaufen.«

Er drehte sich um seine eigene Achse, einfach, um den Kommissar nicht mehr ansehen zu müssen. Er musste hier in diesem Moment öffentlich zugeben, dass er trotz seines Lebensstils ein Loser war, ein Spieler, der sich von reichen Frauen aushalten ließ, das sagte ihm der Blick Ravennas. Zucci kam sich klein und elend vor, er hatte viele schlechte Seiten, aber unter Mordverdacht wollte er nicht stehen, daher nahm er alle Kraft zusammen. »Ich bin kein Mörder«, rief er aus. »Hier haben Sie die Beweise. Ich bin ja dann wohl raus, jetzt können Sie mich nicht mehr verdächtigen, dass ich irgendetwas mit den zwei Todesfällen zu tun habe.«

»Wir werden ihre Aussage überprüfen. Mal sehen, was uns Enrico zu ihrer Verteidigung zu sagen hat. Vielleicht machen Sie uns nur etwas vor und er war ihr Helfershelfer, denn was ist mit Gina Pitrelli? Wollten Sie die auch um Geld bitten«, bohrte Ravenna weiter. Er blätterte in den übergebenen Schuldscheinen, dann murmelte er: »Ganz schönes Sümmchen, da hätte ihr Bugatti bestimmt nicht ausgereicht, um Sie auszulösen.«

Kapitel 18:
# Für Kommissar Ravenna ist Clemens Horn der Mörder

Kommissar Ravenna hatte wohl bemerkt, dass sein Gegenüber Clemens Horn beim ersten Treffen betont ruhig und zurückgenommen agiert hatte. Gleichzeitig hatte er registriert, dass Horns Füße und Hände zitterten, obwohl dieser sich offensichtlich sehr zusammennahm. Auch als der Deutsche von den Morden erfuhr, hatte er sich zusammengerissen, wobei sich winzige Schweißperlen auf seiner Stirn gebildet hatten, auch das hatte Ravenna bemerkt. Keinen Ton hatte Horn von sich gegeben, als er nach dem Verhältnis zu seiner Frau und auch zu Theresa gefragt wurde. Er überhörte die Frage und konzentrierte sich voll auf seine Trauerbezeugungen. »Zu gekonnt«, dachte Ravenna. Er täuschte sich selten. Irgendetwas hatte dieser Mann zu verbergen. Dieser Meinung war auch seine Sekretärin, die auf Wunsch ihres Chefs den Verdächtigen noch eine Zeitlang beobachtet hatte. Ravenna war sehr zufrieden, als sie ihm mitteilte: »Sie haben wahrscheinlich recht. Ich glaube, Horn ist ein guter Schauspieler, denn als ich ihm vom Seitenfenster aus nachsah, als er das Haus verließ, sah er gar nicht mehr so traurig aus.«

Er überlegte, wen er noch speziell auf Horn ansetzen konnte. Signora Stella, seine rechte Hand, war die Richtige, um den zugeknöpften Horn in die Enge zu treiben. Sie durfte es natürlich nicht übertreiben, sonst würde er dichtmachen. Aber mit dem ihr angeborenen Charme und ihrer Einfühlsamkeit würde sie schon das eine oder andere Geheimnis aus dem Deutschen herauskitzeln. Ravenna setzte auf ihren Spürsinn. Frauen hatten eine ganz andere Art, kniffelige Fälle zu bearbeiten. Zwei tote Frauen in einem Haus, da musste eine Geschlechtsgenossin doch etwas herausfinden.

Für Clemens Horn war es nicht leicht nach seiner Vernehmung in das gemeinsame Haus, wo all das Schreckliche passiert war, zurückzukehren. Ein großer Katzenjammer überkam ihn. Anfangs ging er nur in sein Arbeitszimmer. Dort war nicht alles wie gewohnt, denn die Polizei hatte einige Spuren hinterlassen. Er saß in seinem großen Sessel. Tränen schossen ihm ins Gesicht und schüttelten seinen Körper. Ausgelaugt und kalt fühlte er sich, denn das bis jetzt verdrängte Grauen überkam ihn. Er war kaum in der Lage, in die Küche zu gehen. Die Zunge klebte ihm fest am Gaumen und er hatte nur ein Bedürfnis – den ganzen Kummer herunterzuspülen. Am liebsten hätte er eine Flasche Wein geöffnet, um die Angst und den Kummer weniger zu spüren, lockerer und gleichgültiger zu werden. Dann jedoch kam ihm die Erkenntnis: »Nein, das darfst du nicht! Du kannst dir keine Schwäche erlauben, um dich nicht bei der Befragung zu verraten. Nein, du musst stark sein! Reiß dich zusammen!« Später, nach der Obduktion, wüsste der Kommissar ja, dass Gina an einer Vergiftung verstorben war. Nach außen hatte Horn eine reine Weste. Wenn sie das Haus und das Grundstück durchsuchten, vielleicht auch mehrmals, dann fänden sie schon, was er im Gartenhäuschen deponiert hatte.

Es war so schwer für ihn, sich nicht gehen zu lassen, am liebsten würde er dieses, das gemeinsame Haus verlassen, um wieder zu sich zurückzufinden. Seine Gedanken zu ordnen. Er konnte sich schlecht in diesen Räumlichkeiten zusammennehmen, denn er musste stets darauf gefasst sein, dass Ravenna oder Signora Stella unangemeldet bei ihm auftauchten. Auf alles musste er sich vorbereiten, denn Ravenna hatte ihm unmissverständlich klargemacht, dass er sich auf keinen Fall entfernen dürfe. Dies bedeutete wohl, dass er an erster Stelle der Verdachtsliste des Kommissars stand. Was hatte er noch gesagt: »Ziehen Sie sich warm an und suchen Sie sich schon einmal einen sehr guten Anwalt.«

Drei Tage später schickte der Kommissar seine fähige Mitarbeiterin Stella zu Clemens Horn. Zuerst sollte sie die obere Wohnung in dessen Beisein nochmals unter die Lupe nehmen. Beide, Ravenna und Stella, vermuteten, dass Horn bei der Begehung seiner privaten Räume nicht mehr so cool bliebe wie bei seiner Vernehmung im Präsidium. Auch die Räume von Theresa Gellani sollten später nochmals von mehreren Mitarbeitern durchkämmt werden. Bestimmt würde der Deutsche bei der Begehung unsicher, das stand für den Kommissar fest. Vielleicht würde er sich durch eine Entgleisung verraten.

Allerdings war es Stella nicht vergönnt, ihr Können unter Beweis zu stellen. Sie rief ihren Chef an, denn sie fand einen völlig von Selbstvorwürfen gepeinigten Clemens Horn vor. Ein Häufchen Elend, das heruntergekommen wirkte, denn er hatte die letzten Tage nichts Essbares zu sich genommen, hatte sich wohl nicht einmal angezogen.

Außer einer großen Teekanne stand nichts auf dem Küchentisch, als sie – natürlich unangekündigt – bei ihm erschien. Er sah erschreckend abgemagert aus, sodass Ravenna, der inzwischen hinzugeeilt war, zu seiner Kollegin sagte: »Eine Durchsuchung in seinem Beisein können wir in seinem Zustand nicht durchführen. So wie ich das sehe, gehört er in eine Krankenstation. Ich werde das veranlassen, denn so können wir ihn hier nicht allein zurücklassen, geschweige denn befragen. Ich rufe jetzt den Notarzt, damit er schnell in ärztliche Behandlung kommt.« Er wandte sich Horn zu: »Sie sehen dehydriert aus. Sie haben bestimmt nicht genug getrunken. Im Krankenhaus wird man Sie schon wieder aufpäppeln. Wir brauchen Sie unbedingt zur Vernehmung, damit wir im Falle ihrer Frau weiter agieren können.« Das Zittern in Horns Körper nahm zu. Er konnte offensichtlich keinen klaren Gedanken mehr fassen, wurde fast ohnmächtig, nahm nur noch wie in Trance das »tatütata« des vorfahrenden Krankenwagens wahr.

Horn war sich sicher, dass er in seiner Rolle perfekt auf die beiden gewirkt und so dafür gesorgt hatte, aus dem Haus entfernt zu werden. Wobei er sich tatsächlich hundeelend fühlte. Signora Stella hatte sich vorerst umsonst bemüht, ihm auf den Zahn zu fühlen.

# Kapitel 19:
## Gina lässt mich nicht los

Ich dachte an mein Projekt in Caserta – wie gern würde ich jetzt dort wohnen, um wieder meiner gewohnten Arbeit nachzugehen, es hätte mich enorm abgelenkt. Aber ich stand unter dem strikten Verbot, das besagte, mich weder aus dem Krankenhaus noch aus Neapel zu entfernen, obwohl meine Arbeitsstelle in Caserta nur rund sechzig Kilometer entfernt lag. Da es ein anderer Polizeidistrikt war, durfte ich nicht dorthin.

Kurz hatte ich mich bei meiner Arbeitsverwaltung und meinem Chef gemeldet, der sprachlos war, als ich ihm berichtete, dass ich mich im Krankenhaus befand und warum ich meinen Urlaub über die angegebene Zeit hinaus verlängern musste. Ich wusste ja, dass sich der Kommissar bei meiner Arbeitsstelle nach meinem Aufenthalt in Südamerika erkundigt hatte. Bevor mein Vorgesetzter mich nach dem Grund dafür fragen konnte, sagte ich: »Es sind familiäre Gründe, weshalb ich pausieren muss. In meiner Abwesenheit ist es zu einem fürchterlichen Unglück gekommen. Man hat meine Schwiegermutter und meine Frau tot in unserem Haus aufgefunden. Bis zur Aufklärung, die hoffentlich nicht allzu lange dauern wird, hat das Kommissariat angeordnet, dass ich unseren Distrikt nicht verlassen darf. Ich hoffe, es klärt sich alles bald auf. Sie können sich vorstellen, dass ich mehr als geschockt bin über diese Tragödie, über das Schicksal, das mich getroffen hat. Ich bin total fertig und am Ende und daher in der Klinik.«

Als ich endete, war es totenstill am anderen Ende der Leitung. Dann hörte ich ein Räuspern und mein Chef entgegnete mit gequetschter Stimme: »Es tut mir unendlich leid für Sie. Ich habe ihre Frau zwar nur kurz auf unserem Sommerfest kennengelernt, eine ganz reizende Person, aber ich kann verstehen, dass Sie all Ihre Kraft zusammennehmen müssen, um dieses doppelte Schicksal mit zu ergründen. Sie sind vorläufig beurlaubt, bis Sie uns wieder grünes Licht geben. Wir haben schon aufgrund ihres Einsatzes in Sao Paolo neue interessante Möglichkeiten für Sie in China. Geben Sie uns zwischenzeitlich Nachricht, damit wir gemeinsam den Zeitplan und auch das gemeinsame Projekt erarbeiten können. Wir sind mit ihrer geleisteten Arbeit sehr zufrieden.« Ich schluckte mehrmals, als ich mit leiser Stimme sagte: »Natürlich werde ich mich des Öfteren bei ihnen melden. Es wird ja nicht lange dauern, dann wird man wissen, was in meinem Hause während meiner Abwesenheit passiert ist.«

Diese beruflichen Gedanken und meine jetzige familiäre Situation gingen mir immer wieder durch den Kopf und zermürbten mich. Wenn es sich doch bloß nicht so in die Länge zöge, denn ich war jetzt schon innerlich zerfressen, konnte fast nicht mehr essen und schlafen. Als ich dann nach knapp einer Woche wieder entlassen wurde, vermied ich, wenn ich ins Haus kam, das Erdgeschoss zu betreten. Ich durchquerte schnell das Entrée und nahm immer einen großen Schritt über die erste Stufe der Treppe, die nach oben führte. Der Blutfleck von Theresas Sturz irritierte mich jedes Mal wieder. Inzwischen hatten die Leute von der Kripo ihn entfernt, aber man sah noch immer seine Konturen auf dem Holz. Meist hastete ich wie von Furien getrieben ins Obergeschoss. Dort angekommen benutzte ich nur die Küche, mein Arbeitszimmer und das Gästezimmer. Noch immer wagte ich nicht ins Wohnzimmer und natürlich auch nicht ins Schlafzimmer zu gehen. Wenn ich an diesem Raum vorbeiging, dann bekam ich Schweißausbrüche, zitterte am ganzen Körper. Ich meinte, Ginas Stimme zu hören, wie sie laut im Todeskampf schrie: »Du hast mich umgebracht, du wolltest mich ganz für dich. Was hast du mir, was hast du uns angetan? Du wirst keine Ruhe finden. Ich lasse dich nicht zufrieden. Ich war doch noch so jung. Ich wollte doch leben, leben mit dir!« Ich war so verzweifelt, dass ich, schon wenn ich ins Haus kam, Stöpsel in die Ohren steckte, um diese Klagerufe nicht mehr zu hören. Aber auch das nützte nur einige Zeit. Ginas Klagelied ließ mich beinahe verrückt werden. An Schlaf war fast nicht zu denken.

Gleich als ich das Krankenhaus verlassen hatte, meldete sich das Kommissariat wieder bei mir. Ravenna saß mir im Nacken, die Begehung aller Räume stand nun bevor. Ich wusste, dass beide, Signora Stella und Ravenna, mich in die Mangel nehmen wollten: Sicher hofften sie, dass ich dieses Mal in eine Falle tappte, dass mich irgendetwas verriet. Sie bemerkten jedoch schnell, dass sie einen völlig hilflosen Mann vernahmen, dem die Tränen über das Gesicht liefen, denn ich stammelte immer wieder, fast ununterbrochen: »Ich habe sie doch so geliebt, ich habe sie doch so geliebt …«

Alle Räume wurden noch einmal unter die Lupe genommen, ich verließ meinen Sessel nicht, war nicht zu bewegen, meine Beine in Gang zu setzen, denn ich trauerte wirklich um meine geliebte Frau. Kein Mensch würde je verstehen, warum ich sie für mich ganz allein behalten wollte, warum ich diesen Schritt gehen musste, um sie mit niemandem zu teilen. Meine Trauer war nicht gespielt. Ich heulte Rotz und Wasser.

Die Kripobeamten nahmen einige Dinge zwecks Spurensicherung mit. Es war mir egal, denn ich hatte alle Materialien – die schwarzen Gummihandschuhe, die Glacéehandschuhe und das Paraquat in Caserta – auf dem dortigen Gelände verbrannt, alles vergraben. Seitdem fügte sich ein kleiner Hügel aus Natursteinen in die Landschaft. Das ließ mich ein wenig ruhiger werden. Nachdem sie auch im Erdgeschoss verschiedene Dinge zwecks Spurensicherung untersucht hatten, kam Ravenna, um sich von mir zu verabschieden. Wahrscheinlich, damit ich etwas ansprechbarer wurde, teilte er mir mit: »Ich habe gerade einen Anruf erhalten. Eins können wir ihnen heute schon zu ihrer Entlastung mitteilen: Für den Tod von Signoria Theresa Gellani hält die Mordkommission Sie für nicht schuldig.«

Ich presste den Mund zusammen, damit mir kein Erleichterungsschrei über die Lippen herausrutschte. Mein Gesicht wirkte auf ihn jetzt wie versteinert, kein Wimpernschlag verriet mich. Ich wirkte völlig apathisch, teilnahmslos, so, als ob ich nicht von dieser Welt wäre. Es musste ihm vorkommen, als wäre ich völlig zusammengebrochen. Da ich nicht antwortete, fragte Ravenna: »Haben Sie mich verstanden?« Natürlich hatte ich ihn verstanden. Neugierig war ich schon, warum ich bei Theresa aus dem Rennen war. Ich nickte zaghaft. Dann, nach einigem Räuspern, es dauerte einige Sekunden, fragte ich mit erstickter, sehr leiser Stimme: »Was hat Sie veranlasst, mich für nicht schuldig zu halten?« »Man hat natürlich recherchiert«, sagte jetzt Signora Stella offenbar mitleidig. »Dabei wurde festgestellt, dass es wohl kein Mord gewesen ist, sondern ein Unfall, denn die Spurensicherung hat die letzten Gespräche, die per Telefon aus dem Entrée geführt wurden, ausgewertet. Sie stellten fest, dass zur Tatzeit um neun Uhr vormittags ein Anruf von ihr bei einem Doktor Maldoni erfolgt ist. Er war jedoch nicht erreichbar. So hat sie ihm auf seinen Anrufbeantworter gesprochen – wir haben das in seiner Praxis überprüft – sie rief, dass er möglichst schnell kommen sollte, weil es ihrer Frau immer schlechter ging. Der Anrufbeantworter hat noch ganz schwach im Hintergrund die Stimme von ihrer Frau aufgezeichnet, die den Namen ihrer Schwiegermutter gerufen hat. Man konnte anhand der Geräusche rekonstruieren, dass die Signora heftig atmete und mit dem Telefonhörer in der Hand schnell zur Treppe nach oben wollte. Danach zeichnete der Anrufbeantworter von Doktor Maldoni einen dumpfen Knall auf. Wir fanden sie mit dem Telefonhörer – er lag neben ihr – tot auf der ersten Stufe. Sie war gestolpert. Es war ein tragischer Unfall. Der Doktor war zu dieser Zeit nicht in seinem Haus, weil seine Tochter ein Baby bekommen hat. Deshalb war seine Praxis geschlossen.«

Dann bemerkte Ravenna: »Wenn es ihnen etwas besser geht, werden wir Sie zwecks Vernehmung einbestellen. Denn die Pathologie hat mich soeben benachrichtigt, dass es sich beim Tod ihrer Frau Gina um eine Vergiftung handelte und dass Sie schwanger war, wenn auch erst am Anfang einer Schwangerschaft. Wussten Sie bereits davon?« Als der Kommissar geendet hatte, fiel ich wieder völlig in mir zusammen. Das war wirklich ein Schock für mich. Ich hatte also nicht nur Gina umgebracht, sondern auch ihr, mein eigenes Kind. Es traf mich ins Mark, obwohl ich keine Kinder wollte.

# Kapitel 20:
## Die Familie macht sich Sorgen

Ich konnte nicht umhin, meine Familie zu benachrichtigen. Mehrmals hatten sie versucht, mich telefonisch zu erreichen. Doch ich konnte sie nur kurz abfertigen, indem ich sie anrief und sagte: »Ihr wisst ja, dass ich von der italienischen Polizei gesucht wurde und jetzt hier erst einmal festgehalten werde. Es ist auch für das Kommissariat ein mysteriöser Fall, der in unserem Haus passiert ist. Sie wissen nicht, wie Gina und auch ihre Ziehmutter Theresa, mit der wir ja in einem Haus lebten, zu Tode gekommen sind. Hier laufen alle möglichen Untersuchungen. Es gibt mehrere Fährten, die sie verfolgen. Auch ich werde natürlich verdächtigt, etwas mit den Todesfällen zu tun zu haben, obwohl ich doch zur Tatzeit in Brasilien war.

Die Beamten tappen im Dunkeln und ich trauere so sehr um Gina. Es muss sich aus meiner Sicht um einen Einbruch mit Todesfolge gehandelt haben. Alles ist noch unklar, verschwommen. Keiner weiß so richtig Bescheid. Ich verspreche euch, dass ich euch so bald wie möglich informieren werde, wenn ich hier aus der Schusslinie bin. Ich muss minutiös anhand aller meiner Flüge und Unterkünfte im Ausland dokumentieren, dass ich nichts mit dieser Katastrophe zu tun habe. Es ist so unfassbar schrecklich für mich.« Dabei schluchzte ich so stark, dass ich das Gespräch mit meinen Eltern kaum fortsetzen konnte.

Mein Vater, mit dem ich sprach, versuchte, mich zu beruhigen, indem er vorschlug, dass Großmutter kommen sollte: »Wir können im Moment nicht zu dir fahren. Aber wir waren sehr unruhig, weil wir bis jetzt so gar nichts von dir gehört haben. Nur das kurze Telefonat vom Ableben deiner Frau und deiner Schwiegermutter. Wir sind nervös, was soll denn nun werden? Mutter geht es schlecht, sie sorgt sich um dich! Ihr Herz gefällt dem Doktor überhaupt nicht, aber Großmutter könnte zu dir reisen. Wir machen uns viele Gedanken um dich und wir wären schon ein wenig beruhigt, wenn du einen lieben und verständnisvollen Menschen um dich hättest, der dir in dieser schwierigen Zeit zur Seite steht, der dich beraten kann. Denn es wird ja noch einiges auf dich zukommen. Gut wäre, wenn du in dieser schweren Zeit nicht allein wärst. Großmutter ist noch gut drauf und wäre dir sicherlich von Nutzen. Und wir wären beruhigt, wenn wir sie in deiner Nähe wüssten. Sie könnte dann mit uns Kontakt halten, so wären deine Mutter und ich immer informiert. Deine Oma kann dir sicherlich eine Stütze in diesem Durcheinander sein, sie liebt dich doch über alles.«

Ich konnte nur noch nicken, aber das sah der Vater ja nicht. Er fragte unsicher zurück: »Wäre es dir recht, wenn deine Großmutter zu dir käme, um dir wenigstens den Haushalt zu machen?« Ich erwiderte: »Ja, das wäre sehr schön. Dann bin ich bestimmt etwas abgelenkt und kann mich schon ein wenig auf meine neue Arbeit in China vorbereiten, das würde mir sicher ganz guttun.« Nun schluckte der Vater über diese neue Mitteilung, aber er sagte nichts. Mutter stand neben ihm und er wollte sie sicher auf keinen Fall mit der Nachricht zu China beunruhigen. So beendete er nur kurz das Gespräch: »Gleich werde ich zu Großmutter gehen, um ihre Reise zu dir in die Wege zu leiten.«

Um gegenüber der Polizei nichts falsch zu machen, würde ich versuchen, Oma Anne vom Flughafen Capodichina – sieben Kilometer von Neapel entfernt – abzuholen. Auch dazu musste ich die Genehmigung des Kommissars erbitten. Sollte das nicht klappen, müsste sie sich ein Taxi zu mir nach Torre del

Greco nehmen. Aber wie ich meine Oma kannte, würde sie diese Hürde auch nehmen. Und ich versprach, meinem Vater diesbezüglich noch einmal Nachricht zu geben. Insgeheim freute es mich schon ein wenig, dass ich nun nicht mehr ganz allein im großen Haus, das mir unheimlich war, ausharren musste. Oma würde mir sicher unter die Arme greifen bei den schrecklichen Beerdigungsformalitäten für meine verhasste »Schwiegermutter« und meine geliebte Frau. Gina würde ich bestimmt nicht für immer mit auf das Grab bringen. Aber vorerst musste ich so tun, als ob ich den ausdrücklichen Wunsch Theresas erfülle, ein Familiengrab zu haben. Sie hatte meine Frau auch darin manipuliert. Wenn Gina auch nicht ihr eigenes Fleisch und Blut war, so wollte sie im Tod wahrscheinlich nicht allein sein, denn all ihre Liebhaber waren nur eine Zeitlang bei ihr geblieben. Die vergangenen Jahre waren nicht spurlos an ihr vorbeigegangen und das Alter hatte sich schon allmählich bei ihr gezeigt.

Angst hatte ich jedoch auch vor meiner Großmutter, denn ich fürchtete, dass sie mich durchschauen würde. Schon als Kind und auch als Jugendlicher konnte ich nichts vor ihr verbergen. Sie konnte in meinen Augen und auch in meinem Herzen lesen, was mich erfreute oder bedrückte. Immer hatte sie zu mir gestanden, was auch passierte, aber dieses Mal … Würde sie mich je verstehen, mir mein egoistisches Handeln verzeihen? Ich musste mich zusammennehmen, um meine Tat nicht preiszugeben. Was würde geschehen, wenn ich mich nicht mehr in der Gewalt hätte? Dann würde ich auch noch meine Großmutter mit meinem Irrsinn belasten. Das durfte auf keinen Fall passieren. Ganz schwindelig wurde mir bei diesem Gedanken. »Am besten ist wohl wie immer Ablenkung«, ging es mir durch den Kopf.

Darum überlegte ich, wie ich sie und auch mich unterhalten konnte. Die Gegend um Neapel ist bekanntlich so zauberhaft, dass man gar nicht anders kann, als von ihr gefangen zu sein. Darauf wollte ich setzen. Nun, Torre del Greco hatte wenig zu bieten, da es klein ist, nur circa 75 000 Einwohner, aber es ist das Zentrum der Korallenschleifereien. Außerdem ist das Städtchen bekannt für die Fertigung von Kameen. An der Piazza del Popolo lädt das Museo del Corallo zum Besuch ein, der Ort hat einen schönen Strand und einen kleinen, hübschen Pinienhain mit Parkbänken, in dem sich Großmutter Anne ganz bestimmt erholen könnte.

Wenn mich der Kommissar dann endlich von jedem Verdacht freispräche, könnten wir beide noch einige schöne Ausflüge machen. Bestimmt nach Herkulaneum, Torre Annunziata, Pompeji und zum Vesuv, um den großen Krater zu besichtigen. Vielleicht schafften wir es auch noch nach Sorrent, Capri und der hinreißenden Amalfiküste, die jeden begeistert. Ich konnte ihr so viel davon erzählen, denn durch meine Gina war ich inzwischen ein echter Italiener geworden. Ja, und schon war er da, der bohrende Gedanke, der mich schon wieder eingeholt hatte.

Glaubte mir der Inspektor etwa meine Trauer nach meinem Zusammenbruch in unserer Wohnung nicht? Wollte er mich aus meiner Reserve locken, mich mit seiner neuesten Mitteilung völlig aus der Bahn werfen? Ich war erschüttert, als ich von ihm erfuhr, dass Gina schwanger war. Das hatte man bei ihrer Obduktion festgestellt. Meine Kehle war wie zugeschnürt. Wollte er mich dingfest machen? Jetzt durfte ich mir nichts anmerken lassen. Ich schluckte, konnte es nicht fassen. Meine Frau war schwanger, wie konnte das geschehen? »Dann hat sie den Tee nicht getrunken, in den ich jeden Abend ein wenig Arsen getan und ihr gebracht habe«, ging es mir durch den Kopf. Geringe Mengen Arsen verhindern eine Schwangerschaft. Ich wollte kein Kind, ich wollte nur sie. Mit keinem wollte ich sie teilen. Würde ich weiterhin stark bleiben können, wenn Gina mich nächtens in meinen Träumen verfolgte? »Sie wird mich nicht mehr so lieben, sie wird mir Vorwürfe machen, dass ich nicht nur sie, sondern auch unser gemeinsames Kind umgebracht habe«, ängstigte ich mich.

Ich war fassungslos, dass Kommissar Ravenna, nicht wissend, was mir durch den Kopf ging, trotz seines Argwohns, meinem Wunsch entsprach. Ich durfte Großmutter Anne vom Flughafen abholen. Mir zitterten ein wenig die Knie, als ich sie am nächsten Tag in meine Arme nahm. Sie sagte nichts, strich mir nur – wie einem kleinen Jungen – übers Haar, und ich konnte in ihren weit ausgestreckten Armen versinken. Ein Gefühl von Wärme und Geborgenheit überflutete mich und ich gestand aus vollem Herzen: »Oma, ich freue mich so sehr, dich zu sehen. Jetzt fühle ich mich nicht mehr so fürchterlich allein in diesem schrecklichen, großen Haus. Jetzt wird alles gut, das spüre ich.«

Im Haus angekommen, sah es nach kurzer Zeit wieder wohnlicher aus. Großmutter erfasste auch sonst schnell, was zu tun war: »Junge, wir müssen uns mit den Beerdigungsmodalitäten beschäftigen und uns nach geeigneten Plätzen umschauen, denn das ist das nächste, was auf dich zukommt. So schwer es dir auch fällt, aber wir sollten Theresas Unterlagen durchsehen, ob es ein Vermächtnis ihrerseits gibt oder ob du frei entscheiden kannst, wo die beiden beerdigt werden können.«

»Sie hat vorgesorgt, Theresa hat nie etwas dem Zufall überlassen. Ich weiß, dass sie erst kürzlich ein Testament notariell hinterlegt hat«, informierte ich meine Oma. Da Gina nicht ihre Tochter war, musste sie festlegen, wer ihr Erbe nach ihrem Tod erhalten sollte. Sie hatte Gina als Alleinerbin eingesetzt und zudem einen kleinen Passus am Ende des Testaments eingefügt: Sollte Gina vor ihr sterben, so würde auch das große Haus – in dem wir wohnten – und das parkähnliche große Grundstück, das Gina von ihr in vorweggenommener Erbfolge schon notariell erhalten hatte, wieder an sie, Theresa, zurückfallen. Nun war es anders gekommen, wer hätte das gedacht! Das Testament zeigte mir und auch dem Kommissar deutlich, dass Ginas Nennmutter mir in keinem Fall etwas von ihrem Erbe zufallen lassen wollte.

Durch die Aussage des Pathologen erfuhr Ravenna, dass Theresa früher als Gina verstorben war. So war Gina zur Alleinerbin geworden, die nicht mehr erben konnte. Also würde das gesamte Erbe an mich fallen. Sicher hatte der Kommissar längst Theresas Notar Serafini befragt. Und mir war klar, dass er mich nach wie vor verdächtigte, etwas mit Ginas Tod zu tun zu haben. Nur, was nützte ihm der Verdacht? Theresa war nicht umgebracht worden, es war ein unglücklicher Unfall und ich war auf Reisen. Das konnte ich mit all meinen Reiseunterlagen und Belegen inzwischen beweisen. »Wir sollten den Notar aufsuchen, um Klarheit für die Beerdigungen zu bekommen«, riet mir meine Oma Anne, »denn jetzt kann es ja nicht mehr lange dauern bis du von allen Vorwürfen freigesprochen wirst. Mein lieber Junge, es gibt viel zu tun.«

# Kapitel 21:
## Der Pathologe spricht Klartext

Das Kommissariat bestellte mich in den nächsten Tagen ein. Nicht um mich zu vernehmen, wie ich gleich feststellte, sondern um mir mitzuteilen, dass sie die beiden Leichname von Gina Pitrelli und Theresa Gellani zur Beerdigung freigaben. Ferner informierte der Pathologe mich, dass Gina an einer Vergiftung mit einem Herbizid, einem Pflanzenvernichtungsmittel, verstorben war, und entschuldigte sich dafür, dass sich die Bestimmung des Gifts so lange hinausgezögert hatte. Verschiedene Institutionen und Verfahren mussten ihr Können und Wissen beweisen. Der Nachweis, dass es sich um Paraquat handelte, konnte nur durch einige Spezialverfahren, wie die Dünnschichtchromatographie, die Gaschromatophie und die Massenspektrometrie, sowie mit Hilfe der Universität bestimmt werden.

Die Spurensicherung hatte noch einmal das Haus und den Park intensiv unter die Lupe genommen. Auch hatten sie das Gartenhäuschen jetzt intensiver auf den Kopf gestellt, denn nun wussten sie, wonach sie suchen mussten. Und sie fanden, was ich für die Beamten dort vorbereitet hatte. Sie bemerkten den Sack mit den geruchlosen, weißen Kristallen, der sich in einer Ecke neben einem kleinen Eimerchen befand, in dem noch ein Rest des Mittels lag. Kleine gelbe Gummihandschuhe lagen neben dem Sack.

Die Gefahrstoffkennzeichnung mit dem gelb-schwarzen Totenkopfsymbol und der Bezeichnung »sehr giftig T+« hatte ich ja lange vor meiner Reise entfernt, sodass für einen Laien nicht ersichtlich war, dass es sich um Gift handelte. Der Kommissar folgerte: »Es ist anzunehmen, dass ihre Frau mit diesem Unkrautvernichtungsmittel in ihrem großen Garten gearbeitet hat. Die Gummihandschuhe waren ihr wohl zu eng oder zu klein, es sind Risse in beiden Handschuhen. Daher nehmen wir an, dass sie, nicht wissend, wie gefährlich das Mittel ist, das Pestizid angerührt, in die Gießkanne gefüllt und im Garten ausgebracht hat. Es ist sogar wahrscheinlich, dass sie ohne Handschuhe gearbeitet hat. Das hat dann wohl zu ihrem Tod geführt.« Er räusperte sich. Es war ihm wohl peinlich, zuzugeben, dass es sich um eine Art Selbsttötung handelte und nicht um einen Mord, bei dem er mich für den Täter gehalten hatte. Ich hatte scheinbar alles richtiggemacht, war also wohl nicht mehr der Böse. Bei den Worten des Kommissars hätte ich zugleich lachen und weinen können, meine Miene jedoch hatte ich unter Kontrolle, der Kommissar sah nach wie vor einen gebrochenen Mann vor sich.

Zum Glück hatte Großmutter Anne schon einiges vorbereitet. Sie begleitete mich zum Beerdigungsinstitut und zum Friedhof. Allein wäre ich dazu nicht in der Lage gewesen. Schon die sachliche, unterkühlte Atmosphäre dieser Räumlichkeiten jagte mir einen Schauer nach dem anderen über den Rücken. Da standen sie, die Särge, und in einer extra dafür eingerichteten großen Ecke sah ich mehrere Regale mit Urnen. Das Aussuchen des kunstvoll geschnitzten Ebenholzsargs für Theresa und das ganze Prozedere der Friedhofsgestaltung auf dem Friedhof Spirito Santo mit all den auszusuchenden extravaganten Blumengestecken und Kränzen, mit diversen Schleifen und Trauerbezeugungen übernahm Großmutter Anne. Es sollte ein pompöses Begräbnis werden, etwas nie Dagewesenes, wie ich mir vorstellte. Wir orderten eine Sängerin und einen katholischen Priester. Es sollte eine Erdbestattung für Theresa und eine Urnenbestattung auf der Marmorgrabstelle für Gina sein. Ich war so froh, dass Großmutter diesen schweren Part übernahm.

Das Urnengefäß für meine Frau suchte ich jedoch ganz allein aus. Ich sonderte mich ein wenig ab, ging in die Ecke und nahm mir einige Zeit, um die entsprechende Urne für meine geliebte Gina zu finden. Eins der Gefäße zog mich magisch an. Eine rote Urne mit einem weiß-goldenen Engel im Vordergrund trat verbal in mein Denken. Ich meinte zu hören: »Ich weiß, warum du mich verbrennen musst, du willst mich loswerden! Mich und dein Kind, aber so einfach geht das nicht! Wenn ich verbrenne, werden Narben in deinem Herzen bleiben. Du wolltest mich für immer besitzen, jetzt wirst du besessen sein von dem, was du mir angetan hast.«

Ich fühlte mich ausgelaugt, war kaum in der Lage, der Angestellten des Hauses die Urne zu zeigen. Sie brachte mir schnell einen Stuhl und ein Glas Wasser, denn beide Frauen sahen meinen Zustand. Ich flüsterte, kaum verständlich durch meine Tränen, immer wieder: »Ich habe dich doch so geliebt, verzeih' mir! Bitte, verzeih' mir.«

Die beiden Frauen hatten Mühe, mich zu beruhigen, so außer mir war ich. Die Bedienstete sagte leise zu meiner Großmutter, meine geflüsterten Sätze hatte sie gottlob nicht verstanden: »Das ist oft so, dass Menschen, die von einem geliebten Partner Abschied nehmen müssen, so fürchterlich betroffen sind und von der Trauer total übermannt werden. Aber es wird sicher schon wieder werden.«

Meine Oma hatte meine Worte, wenn sie auch sehr verwaschen und leise herauskamen, verstanden. Ich sah, dass sie zunehmend verunsichert war. Sie kam auf mich zu und nahm mich liebevoll in den Arm. Sie hielt mich ganz fest und weinend flüsterte sie mir zu: »Egal was kommt, ich werde immer zu dir stehen.«

# Kapitel 22:

## Großmutter Anne ahnt etwas

Hatte Großmutter Anne etwas beobachtet? Denn vor ein paar Tagen, als sie nachts nicht schlafen konnte, hatte sie gehört, dass Clemens im Schlaf gesprochen hatte. Immer wieder hatte er erst leise, dann immer lauter gerufen: »Gina vergib' mir, ich habe es doch aus Liebe getan.« Danach schluchzte und weinte er die ganze Nacht. In den nächsten Tagen wiederholte sich das Geschehen noch einige Male mit fast den gleichen Worten, über die sie lange nachdachte, die sie sehr schmerzten und unruhig machten.

Nach Clemens Zusammenbruch im Bestattungsinstitut konnte sie einen Gedanken, den sie bis jetzt verdrängt hatte, nicht wieder loswerden. Sollte ihr Trieb, aus Liebe zu töten, sich bei ihrem Enkel vererbt haben? Sollte es fortdauern? Sie wollte ihren Ehemann nicht mit anderen Frauen teilen … Rizin hatte ihr zu ihrer wahren, reinen Liebe für immer verholfen, doch dieses Geheimnis würde niemand erfahren.

Bereits früher hatte Großmutter Anne dunkle Ahnungen gehegt, aber bis heute nicht die wirkliche ganze Tragweite des Geschehens gesehen. Doch, egal was käme – sie würde dafür sorgen, dass Clemens, ihr geliebter Enkel, unbeschadet weiterleben und arbeiten konnte, denn er war ein so begnadeter Mensch, Künstler, Könner, Gartenbauarchitekt, der Parkanlagen und historische Parks wieder auferstehen ließ und zu einzigartigen Kulturerlebnissen und Gartenträumen erweckte. Er musste sein

Können und Wissen weiter ausleben. Er musste doch noch so viel Schönes erschaffen und später in die Geschichte eingehen, um mit Großen verglichen zu werden, vielleicht sogar mit Lenné.

Kapitel 23:
# Es ist vollbracht

Die Beerdigung war ein einziges Fiasko. Natürlich kamen die Verwandten von Theresa aus Perugia, die Nachbarn und einige Freunde von ihr aus Torre del Greco, auch Marco Zucci mit einem großen Trauergebinde aus weißen Lilien. Das waren wohl Theresas Lieblingsblumen. Es schüttelte mich, als ich daran dachte, dass dieser junge Mann unter Mordverdacht geraten war. Auch meine Verwandten aus Deutschland und meine Eltern kamen, um mich an diesem schweren Tag dabei zu unterstützen, Gina das letzte Geleit zu geben. Großmutter Anne wachte über den gesamten Tag. Sie behütete mich wie ein rohes Ei, nahm mir jegliche Unannehmlichkeiten, wie die neugierigen Fragen der Trauergäste, ab. Auch die Eltern schirmten mich ab, weil sie bemerkten wie dünnhäutig ich war.

Von Doktor Maldoni hatte ich in der Zwischenzeit Valium erhalten. Schließlich musste ich trotz Schlaflosigkeit diese Tortur durchstehen, um keinen weiteren Zusammenbruch zu erleiden. Nur mit den Medikamenten würde ich – wenn auch lethargisch – die Beerdigungszeremonie und den Leichenschmaus im kleinen, aber sehr feinen Restaurant Caprese durchstehen. Bezüglich der Speisen und des Weins hatte ich meine Großmutter beraten, da schließlich ich der eingebürgerte Italiener war. Für ein paar Stunden lenkte mich diese Aufgabe ab. Ich hatte das Restaurant angerufen und ließ eine vorzügliche Speisen- und Weinabfolge vom Küchenchef persönlich zusammenstellen.

Denn ich war überzeugt, es meiner Gina schuldig zu sein, zu ihrem Gedenken ein hervorragendes Essen zu organisieren. Sie war es, die mir die Köstlichkeiten des italienischen Essens und Trinkens nahegebracht hatte. Wie oft hatte sie zu mir gesagt: »Du sprichst, isst und trinkst wie ein echter Italiener.« Darauf war sie sehr stolz, denn sie zeigte sich in der Öffentlichkeit sehr gern mit mir. Wieder stiegen mir Tränen in die Augen, Wehmut überflutete mich.

Am schlimmsten war die Musik bei der Beerdigung, die Theresa sich einst gewünscht hatte. Da war das Ave Maria von Gounod und Luciano Pavarottis Tenorarie aus dem Il Trovatore, Di Quella Pira. Und für Gina hatte meine Großmutter ein Lied von Elton John gewählt, Candle in the Wind. Die beiden mit schwarzem Samt bestückten Bilder der zwei Verstorbenen erschienen mir riesengroß. Das Foto von Theresa stand auf einer etwas größeren Staffelei, und sie blickte energisch und kalt von ihrem erhöhten Platz auf alle, die in der Kirche vor ihr saßen. Ihre Augen schienen mich zu verfolgen, signalisierten mir: »Jetzt habe ich sie auf meinem Grab, ich habe sie für immer bei mir.«

Ginas, mit schwarzen Bändern geschmücktes, Portrait lächelte in ihrer ganzen Jugend auf mich, auf uns, hernieder. Die rote Urne mit dem weiß-goldenen Engel, der durch mich hindurch zu starren schien, stand nur etwas erhöht in einem Arrangement aus weißen und roten Rosen. »Wie soll ich weiterleben, wenn das alles hier vorbei ist«, ging es mir durch den Kopf. Würde Gina mich in Ruhe lassen oder mir immer wieder erscheinen?

Ich hatte sie verbrennen lassen, später würde ich die Urne wieder von Theresas Grab entfernen. Ich wollte die Asche in ein rundes Plastikgefäß schütten, auf dem stehen sollte, dass es sich um ein harmloses Pflanzenschutzmittel handelte. Die Sendung würde ich an meine Großmutter Anne schicken, mit der Bitte, das Gefäß in ihrem Gartenhaus in Deutschland für mich aufzuheben. Ganz sicher wusste sie, was ich ihr in diesem Gefäß anvertraute. Sie hatte mehrere Andeutungen gemacht … Vielleicht hatte ich im Schlaf gesprochen. Ich quälte mich auch mit der Frage, ob ich Gina in den Tod folgen sollte, aber ich ängstigte mich zu sehr davor.

Kommissar Ravenna und seine Kollegin Signora Stella saßen in der letzten Reihe der Kirche Spirito Santo. Wegen eines Pfeilers hatte ich sie zuerst nicht gesehen. Unruhig kratzte ich mich am Hals. Was wollten sie hier? Wollten sie mich beobachten, hegten sie noch immer einen Verdacht gegen mich? Auf keinen Fall durfte ich jetzt etwas falsch machen.

Ich lenkte mich von diesen Gedanken ab, indem ich mein Leben vor meinem geistigen Auge Revue passieren ließ. Ich hatte einen wunderbaren Beruf, der mich sicher noch Großartiges, Einmaliges schaffen ließ. Ich wollte als hochrangiger, gefeierter Gartenbauarchitekt in die Geschichte eingehen. Gartenkunst und Landschaftskultur, Gartenträume für Flaneure und Familien schaffen. Große alte Schloss- und Barockanlagen restaurieren und neue Anlagen im Ausland und auch, vielleicht mit dem Älterwerden, in Deutschland verwirklichen.

Von der Rede des Priesters vernahm ich fast gar nichts. Auch am Schluss der Predigt, als das große Orgelspiel ertönte, war ich völlig benommen. Der Wagen mit den vielen Blumen, dem schwarzen Ebenholzsarg und der Urnenträger mit Ginas Urne setzten sich langsam in Bewegung. Der Priester folgte gemessenen Schrittes und ehrfürchtig – Theresa hatte ihm wohl durch den Anwalt eine größere Spende für die Kirchengemeinde zukommen lassen. Dann folgte die große Gruppe der Trauergäste. Kurz sah ich mich um: Tatsächlich schlossen sich auch der Kommissar und seine Mitarbeiterin dem Trauerzug an.

Die Zeremonie war beendet, der Priester gab uns seinen Segen, dann verschwand er und die Trauergäste kondolierten mir. Zum Schluss kamen Ravenna und seine Kollegin. Der Kommissar sprach leise zu mir: »Alle Achtung, mein Lieber, sie haben ja gut durchgehalten. Es war wohl nicht leicht für sie. Sie staunen sicherlich, warum wir hier sind? Meine Kollegin hat mich darauf aufmerksam gemacht, dass der Sack in ihrem Gartenhäuschen keinerlei Deklaration hatte. Normalerweise sind diese hochgiftigen Pflanzenschutzmittel mit einem Sicherheitshinweis gekennzeichnet. Unsere Spurensicherung hat diesen Sack nochmals genauer untersucht.« Er machte eine Pause, dann fuhr er fort: »Können Sie sich vorstellen, wer den bewussten Hinweis sauber und fachmännisch entfernt hat?«

Ich erwiderte: »Nein, natürlich kann ich das nicht! Das Gartenhäuschen war immer offen, jeder hatte Zugang. Es gibt sicherlich viele Erklärungen, warum das Schild nicht vorhanden ist. Sie haben mir doch selbst gesagt, dass es ein Unfall war, weil meine Frau höchstwahrscheinlich ohne Handschuhe gearbeitet und sich so vergiftet hat.« »Ja, so könnte es gewesen sein, so hat sich die ›Kommission‹ entschieden. Man könnte aber auch auf ganz andere Gedanken kommen …«, raunte Ravenna.

Sie wollten mich verunsichern, jetzt musste ich stark bleiben. »Was soll das, was wollen sie von mir?«, sagte ich forsch. »Ich habe in der langen Zeit, die der Sack im Gartenhaus stand, natürlich nicht immer auf das Hinweisschild gesehen. Ich bin Gartenbauarchitekt und weiß, wie man damit umgeht, also unterstellen sie mir nichts, was sie nicht beweisen können. Wer weiß, wie lange der Hinweis schon fehlt!«

So, das musste reichen, um die beiden zum Schweigen zu bringen. Ich schüttelte unwillig meinen Kopf. Wenn das hier vorbei war, würde ich nach China gehen, nach Chongqing, um mein Können zu zeigen und noch viel Neues dazuzulernen. Der Kommissar und die beiden Todesfälle mussten ab heute für mich Vergangenheit sein.

Ravenna war scheinbar enttäuscht, dass er mich nicht verunsicherte. Er konnte mir tatsächlich nichts nachweisen, es war nur eine Vermutung. Im Gehen bemerkte er leise und trotzdem

deutlich: »Sie sind vielleicht mit einem blauen Auge davongekommen, aber ich werde ihre Akte nicht so schnell beiseitele-
gen.«

# Kapitel 24:
## Viele Jahre sind vergangen

Sollte trotz meines jetzigen Schmerzes jemals eine neue Frau in mein Leben treten? Was würde mit mir geschehen? Würde das fürchterliche, krankhafte Besitzergreifen erneut über mich kommen? Ich schüttelte diesen bedrohlichen Gedanken ab. Und kam wieder zu meinem Wunschdenken zurück. Ich redete es mir schön: »Die Liebe ist etwas Seltsames, ein Gefühl von Hoffen, Bangen und Sehnen, von Anlehnung an eine Leidenschaft, die einem mehr bedeutet als man selbst. Verschmelzung miteinander, ineinander, ein gleiches Feuer wohnt in zwei Seelen, zwei Körpern. Und wenn das Fünkchen überspringt, dann sieht, hört und fühlt man anders als je zuvor, denn der Himmel ist blauer, höher, das Meer rauscht intensiver. Die Bäume wispern einem mit zartem Blätterrauschen Dinge zu, die man bereitwillig als etwas Esoterisches, Mystisches in sich aufnimmt und sich in diesen Gefühlen badet. Man steht über allen Dingen, hat Flügel. Ein Mann ist wie ein starker Baum, der Wind und Sturm entgegentrotzt, aber im Sturm der Liebe ist er ein Halm, vielleicht ein Grashalm, von Emotionen geschüttelt.« Ich versetzte mich in Gedanken in meine große Liebe zu Gina …

Würde ich noch einmal schwach werden, meinem unheimlichen Drang nachzugeben, dem Gedanken zu folgen, eine geliebte Frau für immer nur für mich allein zu besitzen? Sie mit nichts und niemandem zu teilen? Ich schauderte, war mir nicht sicher und dachte an die schwarzen Gummi- und die weißen Glaceehandschuhe und an die traumhaften letzten Stunden mit meiner Gina.

Seitdem sind viele Jahre ins Land gezogen. Ich stützte meinen Kopf in die Hände. Merkwürdig, dass mir diese Gedanken gerade heute wieder durch den Kopf gehen. Ich spüre die Brise fast körperlich, und sehe das grünblaue Wasser des Gardasees vor meinem geistigen Auge, obwohl ich längst nicht mehr jung bin. Inzwischen bin ich einer der bekanntesten Gartenbauarchitekten der Welt. Und ich liebe die Gärten genauso wie damals, als ich mich am Gardasee dazu entschloss, diesen und keinen anderen Beruf zu ergreifen. Denn einen Begabten muss es von Zeit zu Zeit geben, der für die anderen neue Gärten und Parks erschafft, die dafür gemacht sind, um die Sinne zu entfachen oder herauszulocken. Mein Wunsch wurde in diesem Augenblick übermächtig, bald noch einmal nach Italien zu reisen.

Heute – wir schreiben das Jahr 2035 – bin ich fünfundsechzig Jahre alt und jeden Tag muss ich dafür kämpfen, dass die Krankheit mich nicht auffrisst. Ich verbiete mir, mich gehen zu lassen, mich aufzugeben. Da ist noch so viel zu tun, ich habe noch so viel vor. Vor allem jedoch muss ich für meine Nachwelt aufschreiben, was mich in meinem Leben bewegt hat und warum ich oft so gehandelt habe, wie ich handeln musste. Eine innere Stimme hat mir jeweils das Zeichen gegeben. Wenn es an der Zeit war, hat sie mir befohlen, was ich zu tun hatte …

Ja, die Schönheit hat mich schon immer bezaubert. An erster Stelle die Schönheit der Natur, der Gärten, die ich sah oder selbst schuf und anlegte und natürlich, nicht zu vergessen, die Schönheit der Frauen, die mein Leben schmückten. Die ich liebte bis zum bitteren Ende und nicht loslassen konnte. Sie waren mein, denn ich schuf sie ebenso wie meine Gärten und Parkanlagen. Unter meinen Händen wurden sie, was sie waren, kostbare, einmalige Schönheiten, die niemand anderem gehören durften. Nur mir ganz allein.

Oft musste ich an Salvador Dali denken, den spanischen Maler mit seinen surrealistischen Bildern, der Frauen sicher ebenso liebte und der sie durch seine Malerei auch für immer besessen hat. Nun gut, einen kleinen Unterschied gibt es schon zwischen ihm und mir, denn Dalis Bilder gehören inzwischen zum kulturellen Erbe in der ganzen Welt und viele Menschen ergötzen sich daran. Sein Bild »nu dans un paysage«, das ich am meisten liebe und schätze, begleitet mich schon mein ganzes Leben. Wohin ich auch zog, es war dabei. Es war mir Vorbild, denn es hat mich zum Genießen inspiriert, weil es das Schöne in sich selbst wieder gibt, Weiblichkeit pur – es nur anzusehen, erweckt erotische Gefühle.

## Kapitel 25:

# Ich erstarrte zu Eis

Endlich, nach so langer Zeit, war ich wieder in meinem geliebten Italien in Malcesine und genoss das einmalige italienische Flair. Genussvoll lehnte ich mich in meinen bequemen Sessel und genehmigte mir eine Tasse Kaffee auf der Terrasse des Hotels La Rocca. Mein Blick ging zum Monte Bello, dann zur alten Burgruine am Ufer des Gardasees, die Wellen schläferten mich sanft ein. Ich schloss die Augen und empfand eine wohltuende Ruhe. Dann jedoch schreckte ich auf, weil ich eine Stimme hörte, die ich nie vergessen hatte.

»Das kann doch kein Zufall sein«, hörte ich Kommissar Ravenna sagen, »Horn, sie hier in Malcesine? So lange habe ich darauf gehofft, sie noch einmal in meinem Leben zu treffen. Ich hatte es schon aufgegeben nach all den Jahren. Es gibt eben doch für mich eine Gerechtigkeit. Jetzt als Privatmensch, als Kommissar a. D. kann ich ihnen endlich von Angesicht zu Angesicht sagen, was ich immer gewusst habe. Sie haben ihre Frau umgebracht, sie sind für mich kein unschuldiger Mann, sondern ein Monster.

Das Blut in meinem Körper erstarrte zu Eis, aber auch heute und jetzt behielt ich die Contenance. Ich nahm einen letzten Schluck Kaffee, der mir in diesem Moment wie Galle pur schmeckte und erhob mich, ging an Kommissar Ravenna vorbei. Ohne ihn eines Blickes zu würdigen, strebte ich dem Ausgang zu. Er hatte mir eine verbale Ohrfeige verpasst. Sie saß! Ich hätte ihn um Vergebung bitten müssen, aber ich konnte es nicht. Für mich war es nach all den Jahren eine Erlösung. Nur er und ich kannten das Geheimnis.

Manche Menschen verbergen ein Geheimnis,
tief in ihrem Inneren schlummert es viele Jahre,
oft kommt das Geheimnis nie ans Tageslicht,
es sei denn, jemand ist schlauer und besser,
die Stecknadel im Heuhaufen zu finden.

Erklärung:
# Der Wunsch nach Vernichtung

Der Wunsch nach Vernichtung des Lebendigen kann sowohl auf das Subjekt selbst, also in Clemens Horns Fall Gina, als auch auf andere Personen gerichtet werden, so kann man bei Sigmund Freud in »Jenseits des Lustprinzips« (1920) nachlesen.

Warum war es Clemens Horn nicht möglich, seine Aggression auf Theresa zu lenken? Sie war doch diejenige, die in seine Lebensführung und -planung hineinpfuschte. Warum wollte er nicht sie bestrafen? Ahnte Clemens insgeheim, dass Gina ihn nicht mehr so wie am Anfang ihrer Ehe liebte? Hatte er Angst, dass er sie schon ein Stückchen verloren hatte? Diese Frage konnte und wollte er sich ganz sicher nicht beantworten. Er forderte bedingungslose Liebe ohne Wenn und Aber. Doch die im Menschen entwickelte Aggression muss nicht immer zerstörerisch sein, oft dient sie gerade der Erhaltung des Lebens, seines Lebens, seinem Tod also entgegenwirkend.

Was passierte mit ihm, wenn Gina ihn verließ, zu Theresa und ihrem großzügigen Leben tendierte und zu dieser ihm so sehr verhassten Frau zurückkehrte, oder wenn sie sich sogar einem anderen Mann zuwendete? Diese Gedanken verdrängte er und doch kamen diese Gefühle der Verlustangst immer wieder in ihm hoch, wie bei seinem ehemaligen Freund Peter. So bestätigt Freud eine Theorie, er schrieb: »Im psychoanalytischen Konzept der ›Psyche‹ handelt es sich beim Todestrieb, [den Clemens in sich spürte], um einen dem Lebenstrieb bzw. der Libido entgegengesetzten Trieb. Während der Eros nach Zusammenhalt und Vereinigung tendiert, strebt der Todestrieb nach Auflösung dieser Einheit, nach Verstreuung und Auflösung der Bindung.« Mit Gina hatte er die Vereinigung, also war er seinem Denken nach überzeugt, dass Theresa nicht für eine Bestrafung oder eine Vernichtung gemeint war. Wenn er ihr Gina, ihr Ein und Alles wegnahm, vereitelte er die Zweisamkeit der beiden. Er zerstörte damit auch ihr Leben.

Freud beschrieb Clemens Zustand. Er formulierte in seinen Schriften: »Zudem kann diese destruktive Triebenergie über den Umweg der Sublimierung auch in produktive, etwa künstlerische Tätigkeiten umgewandelt werden.« Und die freudsche Theorie vermittelt mit diesem Kernsatz etwas Positives, denn Clemens glaubte ganz fest daran, dass er einmal einer der größten Gartenbauarchitekten sein würde, ein Genie. Denn für die Schönheit der Gärten und der Parks wollte er leben und sein Bestes geben. Er redete sich ein, auf dem richtigen Wege zu sein.

Obwohl ein gravierender Kernsatz zu diesem Thema besagt: »Im Normalfall gehen Todes- und Lebenstrieb jedoch eine Vermischung ein, sofern etwa zu einer gesunden sexuellen Beziehung immer auch eine aggressive Beimischung gehört, um den Partner zu ›erobern‹. Jedoch führt die Störung des Gleichgewichts der beiden Tendenzen zu psychischer Erkrankung.« Bis jetzt hatte Clemens erst ansatzweise bemerkt, dass das Gleichgewicht in seiner Beziehung nicht mehr so war wie am Anfang. Deshalb hatte er sich mit seiner wahrscheinlich außerhalb der Norm liegenden Liebe auf ein Terrain begeben, dass ihm selbst nicht ganz geheuer vorkam, dass er aber nur noch in diese eine Richtung steuern konnte. Er negierte seine Haltung, wollte nicht zur Kenntnis nehmen, dass er sich negativ entwickelte, denn er fühlte sich in seinem Denken und Handeln noch sicher und durchaus nicht krankhaft verändert. Die anderen waren es. Für ihn war Theresa die wirklich Schuldige, aber Gina musste durch ihn bestraft werden. Denn wenn sie nicht mehr da war, wurde auch Theresa lebenslänglich bestraft.

## Dank

Ich danke meiner Lektorin Anne Horsten in Köln
für die hilfreiche Begleitung bis zum fertigen Buch.

## Die Autorin

Ursula Jaensch ist am 7.6.1941 in Posen geboren. Seit 1945 in Berlin. Nach der Schul- und Ausbildungszeit u. a. als leitende Angestellte in der Werbung tätig, dann als Medizinischer Dokumentar. Gerade durch diesen Beruf (große sozialmedizinische Studien und auch als Personalrätin eines großen Bundesinstituts) mit vielen menschlichen Schwächen und Stärken konfrontiert, wurde das Schreiben nicht nur im Beruf, sondern auch im Privatleben immer wichtiger. Seit über 30 Jahren intensives Schreiben mit dem Schwerpunkt Prosa. Auch Lyrik. Häufige öffentliche Lesungen. Veröffentlichungen von Kurzgeschichten in verschiedenen Zeitungen und Zeitschriften sowie Anthologien. Mitwirkung bei der Edition großer wissenschaftlicher Studien. Mitglied im Freien Deutschen Autorenverband.

Diverse Buchveröffentlichungen:

„Webfehler in weissen Westen" – 30 Fünfminuten Crimes, BoD-Verlag, Norderstedt, 2004,

ISBN 3-8334-0685-2

„Death Valley … oder die Durststrecke",
Kriminalroman, BoD-Verlag, Norderstedt, 2008,

ISBN 978-3-8334-8942-6

„Warum sind die Sterne manchmal blind?",
Erzählungen, BoD-Verlag, Norderstedt, 2010,

ISBN 978-3-8391-9274-0